原田直示

笑ている

原田文、ダウン症20歳の記念に

一莖書房

「ピエロ」油彩・中学３年

「魔法使い」水彩とクレヨン・小学２年

「くじら」油彩・小学４年

「小人さん」油彩・小学５年

「針千本・フグ」油彩・小学５年

「帆船」油彩・中学３年

「ふくろう」油彩・小学５年

おぶせミュージアム（長野）前にて家族と・中学１年

▲長瀞にて母と・中学２年

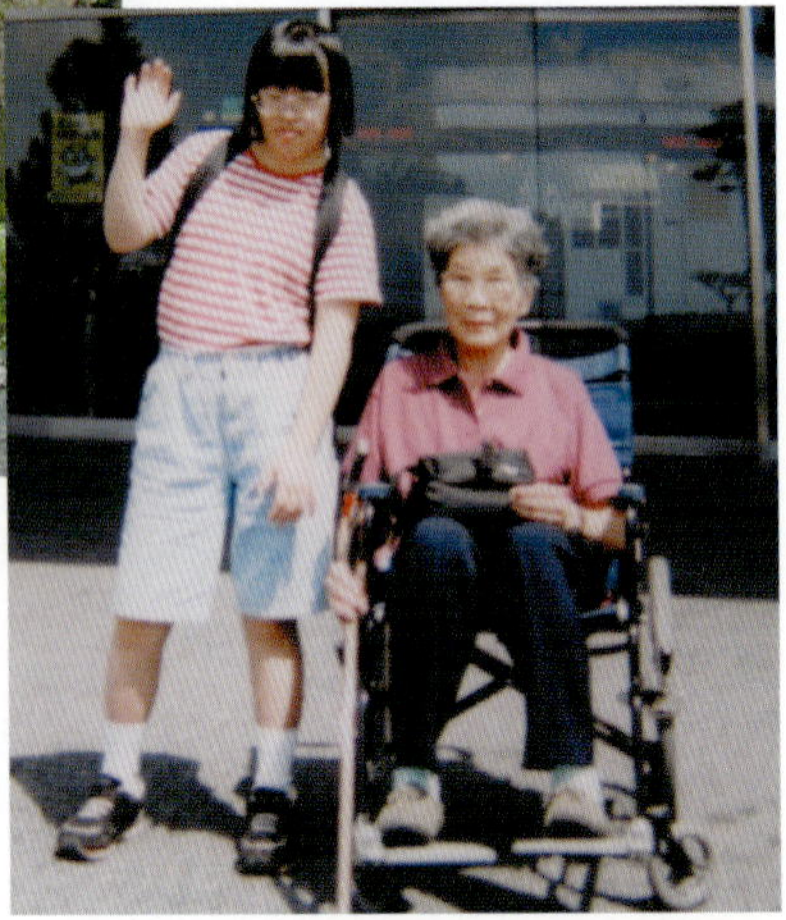

祖母と▶

大書「わ」・小学４年

成人式

父と

はじめに

昨年（平成十九年）十二月、次女、文が二十歳を迎えた。小さい頃から絵を描くことが好きだった文は、小学校一年の時、近くの絵画教室に通い始めた。以来十四年、関光二郎・恒子先生ご夫妻の深い愛情に支えられ、週一回の教室を楽しみに通い続けている。そこで生まれた作品を中心に、今まで四回の絵画展を開いてきた。

平成二十年には、二十歳の記念として、祖母の水墨画、私の巨樹写真と共に、埼玉県立近代美術館で絵画展を開き、大勢の方に観ていただいた。

振り返ってみれば、０歳から今まで、そのときどきに実に多くの先生方や知人からたくさんの教えをいただいてきており、感謝しきれない。

音楽の道を歩む長女とダウン症で生まれた次女とともに歩んだ長いようで短かった二十年であった。娘達のおかげで、多くの人との出会いがあり、たくさんの経験をさせてもらった。

人には「無限の可能性」があり、それを信じて生きることは、私ども両親の生きがいでもあった。

次女は、現在「織の音工房」という機織りの作業所に、毎朝元気に出かけている。指導員の方々と十二人の仲間と保護者の方々には大変お世話になっている。月曜日は、絵画教室で絵筆をとり、週二回は公文教室で英語と算数を習っている。また、月二回は、スペッシャルオリンピックス（知的障害者）のサッカーに参加している。

拙い日々の記録であるが、娘の作品を中心にまとめてみた。

目次

●絵画展の記録

「彩《いろどり》の埼玉・娘と父の二人展」……100
埼玉県障害者交流センター　二〇〇四年三月十八日～三月三十一日
「三代展」　二〇〇五年九月二十三日～二十八日　寧にて……108
作品展「原田文」展　二〇〇六年三月十三日～六月十日……116
会場　埼玉トヨペット本社
「原田文の世界」展……126
同時開催：祖母・美重の水墨画と父親・直示の巨樹写真
会場　埼玉県立近代美術館
会期　平成二十年二月四日～十日
少し長いあとがき……140

誕生

昭和六十二年十二月七日　雪の日

十二月七日。その日はぼたん雪の舞う寒い日であった。

午後二時二十二分。次女誕生。帝王切開であった。妻がまだ手術室にいる間に、私はナース室に呼ばれた。丸い椅子に腰を下ろすと、さっそく医師から告げられた。

「おそらく、ダウン症です」

何を考える猶予も余裕もなく厳粛な空気が凍るようだった。

「性格はおとなしく人に好かれます。高齢出産だからというわけではなく、若い母親にも生まれています。奥さんにはお乳が出なくなるといけませんから、退院の前日あたりに告げるといいでしょう。おばあちゃんにも、しばらくは言わないほうがいいでしょう。小児専門の病院が、岩槻にありますから紹介します。そちらで詳しく検査してください。お子さんは教育しだいですから、お二人で力を合わせてがんばってくださいね。学校の先生ですから、教育は専門ですね。（そんなこと言われても、あまりに突然すぎて何がなんだかわかりません）。お姉さんには、今後のこともありますから、産湯につかるところも見てもらいましょう」

私は、食い入るように医師の一言一句に耳を傾けていた。

その後、保育器に入った文を見ながら、医師が症状を説明してくれた。

「目がつりあがっています。耳が頭のほうにピタッとついていますね。首の後ろのほうの肉がダブダブしていますね。指がサル手で親指が小さく、手や足がよく曲がる。全体的にグニャーとしていますね」

書簡から

文が生まれて二ヶ月程たった頃、私は知人に宛てて次のような手紙を送っている。読み返してみると、その頃の我が家の様子が思い出される。

文は、ダウン症で産まれました。二十一番目の染色体が一本余分にあり、知的発達が遅れるのだそうです。

産院の医師からは、「穏やかな性格で人に好かれます。心臓の奇形などが見られることがありますが、今のところ心臓に雑音はありません」と告げられました。

泣き声は弱く、体重の増加も普通児には及びませんが、それでも文は日一日と大きくなっています。とにかく手をかけた方がよいということでしたので、奈良から手伝いに来ていた義母は、「子守唄」を歌ったり、言葉かけをしたりと、一ヶ月間献身的に文の面倒を見て帰りました。義母、妻の懸命な姿を見て、不安と心配で仕方なかった私は、一つひとつの問題が解決されそうな気にもなってきました。

二ヶ月検診では、産院の先生から「驚くほど足の力がついています」とほめられました。毎日、赤ちゃん体操をしていた成果でしょうか。

知能の発達に漢字カードがいいというので、毎日十枚から始めて、今は二十枚ずつ見せています。

夜は一回授乳すればよく、胃袋も大きくなったようです。身長も伸び、顔もふっくらしてきて、おでこの周囲にあった緊張感がなくなってきたようです。カードを見ている時と、お風呂に入っている時が一番いい顔をしているようです。おへそも出ていたのが、半分ほどへこんできました。もっとも一年ほどで自然にへこむのだそうですが……。

とにかく、ダウン症児としては、よく発達しているそうですので、ご安心ください。今は手をマッサージしたり、腹ばいにさせたりという、赤ちゃん体操を毎日行っています。

文につきっきりになり、五歳になったばかりの長女は母親を妹にとられたと思い込んでいることでしょう。一月は長女のヴァイオリンの卒業試験と重なり、母子の間に険悪な空気が流れましたが、無事、ゴセックの「ガボット」を録音でき、家族でホッとしたものでした。一日二時間、文の育児の合間に妻は長女につきっきりのレッスンでしたから、母子は偉い！　私などかないません。

時折、長女は、レッスンが終わると、疲れてソファーの上で座ったまま眠っています。「強制的」にヴァイオリンを弾かされ、解放されて、さて、母親と遊ぼうと思うと、母親は文をお風呂に入れてということが重なり、寂しい思いをしていたことでしょう。

そんなある日「私は一人ぼっち。パパもママも私のこと嫌いなんでしょう。文ばっかりかわいがって。この家出て行く」と繰り返し言うのでした。

今日は、楽しく笑いながら二巻のヘンデルを弾いていますが、私は、気楽に寛いで新聞を見たりテレビを見たりできなくなりました。本当に長女の一件で、気持ちを入れ替えたところです。

そんなある日。長女が三十九度の熱を出しました。妻と共に長女に付き添っていたら、「パパとママと二人で心配してくれてありがとう」と言って、親をほろっとさせました。

この二ヶ月間、文献をむさぼり読みました。妻は、「もう理論研究はいいんじゃない。毎日どうするかが大事」と、実践家ならではのたくましい生活力をみなぎらせています。

妻は、育児休暇で一年間休みます。来年からが本当の「戦争」になるでしょう。そんなこともあり、この一年できる限りのことをやろうと思っています。「ゼロ歳教育」の本は片っ端から読みましたので、これで育たなかったら仕方ないと、今は少し余裕すら生まれています。

先のことはあまり考えないで、毎日を充実させることに全力を注いでいくつもりです。

文のために周囲の方のお力を借りようと二人で話し合い、ご近所にも文のことをお話しました。

お知恵がありましたら、どうぞ、お授けください。

昭和六十三年二月十三日　　原田直示

本多正明先生との出会い

長女は四歳の時から鈴木メソッドでヴァイオリンを学んでいた。本多先生は鈴木メソッドの創始者である鈴木慎一先生のご友人で、鈴木メソッドを海外に紹介された医学博士である。その本多先生の著書「キラキラ星の子どもたち」の中に、脳障害治療に画期的な療法を開拓したグレン・ドーマン博士が紹介されていたのである。

文が生まれた翌日、私は早速、名著「親こそ最良の医師（脳障害児治療の画期的記録）」（ドーマン著）を書店へ注文した。砂に水が吸い込まれるように、ぐいぐい内容に引き込まれ、それまでの不安が薄れていき、しだいに文を育てていく喜びまで芽生え始めていたのだった。

そして、何と本多先生はその頃、神奈川の鵠沼で「脳研療育研究所」を設立され、ドーマン博士の理論を実践されていたのだ。その記録「脳障害児も治る」を読んだ私は、すぐに、本多先生に手紙を書いた。折り返し、「0歳児は診断していないが、例外として診ます」旨の返事をいただいた。約束の日、二ヶ月になったばかりの文を連れ、初めて鵠沼のご自宅を訪ねた。一回数万円の診察・指導料は決して安いとは言えないが、それ以上に、先生は一時間以上も直接指導してくださり、療育の大きな指針を与えてくださった。「インプットをたくさんすること。時期がきたら自然に出てきますよ」そして、次のようなプログラムをいただいた。

「毛管」「パタニング」「ブラッシ」「逆さ」「ゆりかご」「ブリッジ・ローリング」「腰回転・屈伸」「漢字カード」これらを一日に六回繰り返す。他に、「ビタミンC一日千ミリグラム」

本来「パタニング」には四人必要だが、我が家には大人が二人しかいない。そこで二人でできる体操を提案していただいた。

一通り行うのに十五分。だが、共働きの我が家にとってこれを一日六回繰り返すことは至難の技であった。朝起きてすぐ、帰宅後、夕食後、夜寝る前と一日四回こなすのが精一杯であった。だが、その四回もいざ実行するとなると大変であった。

特に朝方が忙しかった。妻は日常の朝の支度だけでも忙しいのに、私と二人で体操をしなければいけない。文を二人でかかえてゆすったり持ち上げたりするのだが、どうしても台所の準備や長女の学校の準備があったりすると、私一人になってしまう。帰宅後も同様である。夕食の支度、長女のレッスン、持ち帰った仕事。わずか十五分の体操の時間がとれない。

そのような時に、夫婦で言い争いになった。私が「それなら止める」と怒ると、「文が育たなくなる」と妻は叫んだ。

今でも、この光景を思い出すたびに、家族に申し訳なかったという気持ちでいっぱいになる。

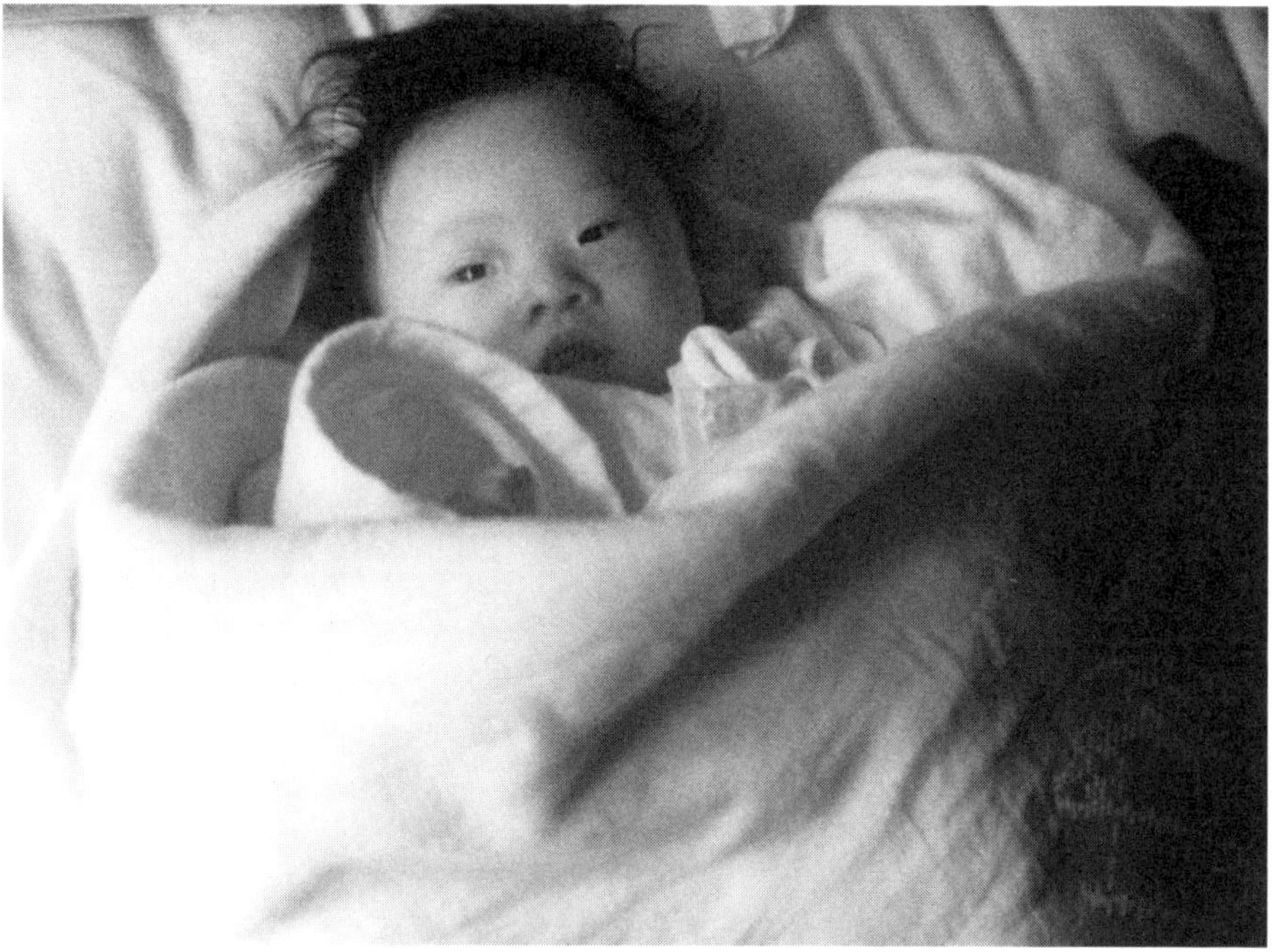

生後二ヶ月

文の見た絵本・名画カード・絵カード・音楽テープ等

0歳〜三歳

「インプットが大切」という本多先生のご指導のもと、私たちはひたすらいろいろな働きかけを行った。当時の記録から拾ってみよう。

0歳二ヶ月　公文の絵カード　本、手、口、足等十枚　一日三回（ドーマン法の理論から学ぶ）

三ヶ月　「ブルーナのあいうえお」

四ヶ月　公文の絵カード五十枚（一日で見る枚数を増す）

絵本の風船、滑り台の絵を眼で追う。

五ヶ月　「いただきまーす」

名画「東都名所百景」（広重）

漢字カードを見る・3ヶ月

七ヶ月　※ぐずっている時、絵本や絵カードを見せると静かになる。

八ヶ月　「ブルーナのあいうえお」（講談社）
「いないいないばあ」（童心社）
「ブルーナの○歳からの本」（講談社）
「いただきまーす」（偕成社）
※一日十冊見る。

九ヶ月　図書館で借りた松谷みよ子の本をよく見る。一日中五冊見る。

公文の絵カード五十枚。

「ブルーナのあいうえお」「ブルーナの0歳からの本」「いただきまーす」「松谷みよ子のあかちゃんの本」「ひよこのえほん3　ちょうちょうひらひら」（フレーベル館）「あいうえおの本」（安野光雅・絵）

十ヶ月　絵（漢字）カード六十九枚

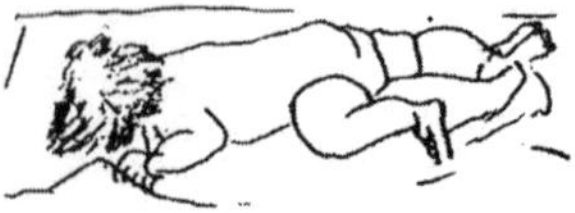

十一か月

「あいうえおの本」（安野光雅・絵）「のせてのせて」「ちょうちょうひらひら」「いただきまーす」（偕成社）「またあしたね」（偕成社）「ただいま」（偕成社）「いぬがいっぱい」「ねこがいっぱい」松谷みよ子あかちゃんの本「のせてのせて」「もしもしおでんわ」「いないいないばあ」

絵カード八十九枚

「ねこがいっぱい」「いぬがいっぱい」

「もしもしおでんわ」「のせてのせて」

絵カード八十九枚

「いちご」（文化出版局）「たんぽぽ」

（福音館）「あかいふうせん」（ほるぷ出版）

十一月二十日……「ブルーナのえほんあいうえお」「のってみたいな」「ちいさなて」「ちょうちょうひらひら」「いただきまーす」を見せると眠たくてぐずっていてもピタリと集中する。

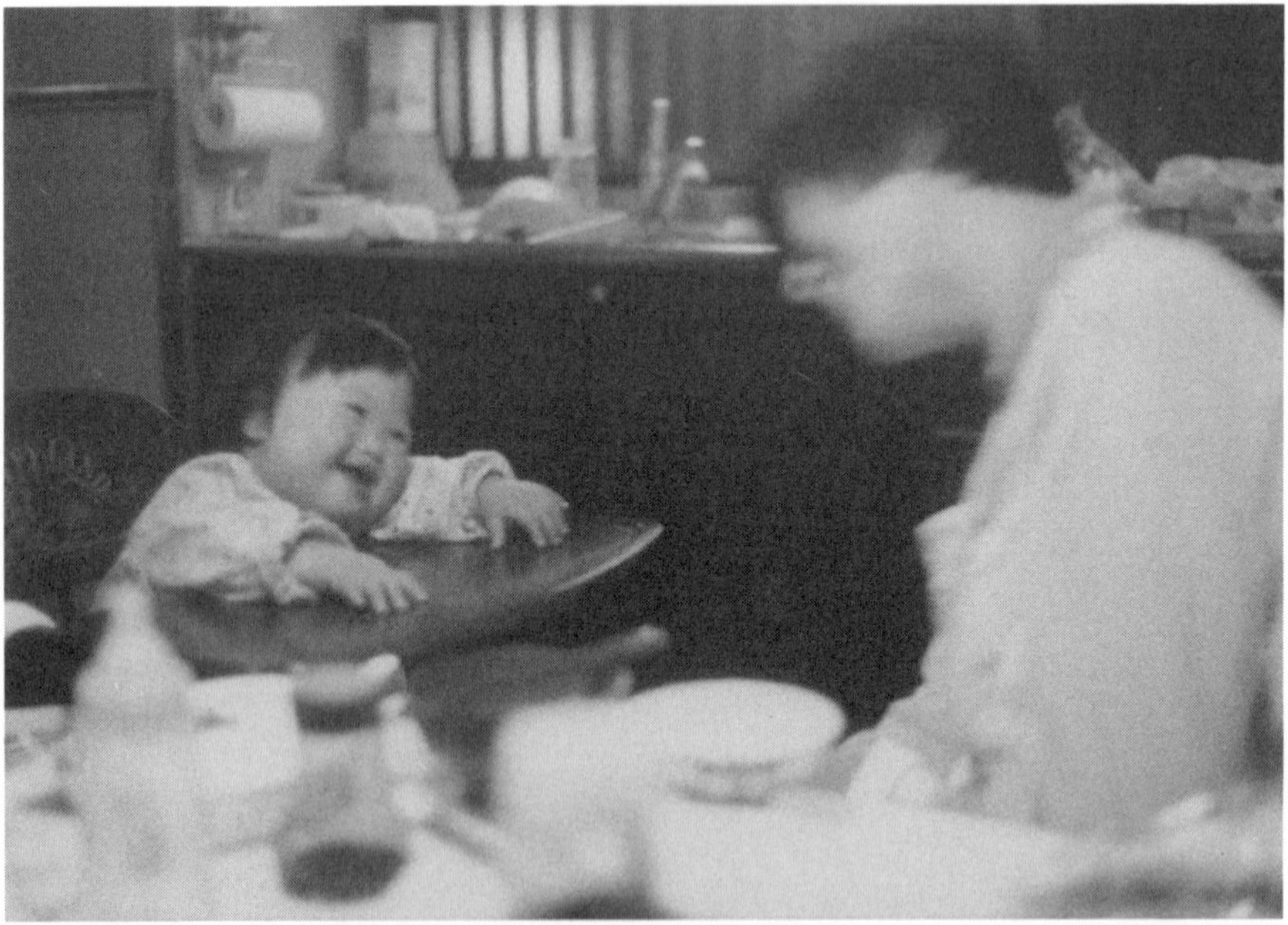

母と・10ヶ月

一歳0か月
（十二ヶ月）

※世界の名画・美術品を見せ始める。初めにルノアールの「水浴の習作」とドガ。匂うように美しいコンテ画、パステル画。

十一月二十八日　八時二十～四十五分　本読み二十冊以上

※名画カード　ルノアール　ドガ　ロダン　北斎　ねむの木学園

　千代紙　土門拳　ワイエス

十二月十日　九時半～十時　本読み二十五冊！　最高の集中力そのまま熟睡する。

「ちいさなくち」「ちいさなはな」「ちいさなめ」（こずえ刊）「ブルーナのあいうえお」「いぬがいっぱい」「ねこがいっぱい」「きんぎょがにげた」（福音館）「ママだいすき」（福音館）

十二月二十二日　絵カード百十枚　千代紙十枚

「ブルーナのあいうえお」三冊　「ちいさなくち」「ママだいすき」

一歳一ヶ月

「ちょうちょうひらひら」「ねこがいっぱい」「いぬがいっぱい」「なにのこどもかな」「いただきまーす」「のってみたいな」「いちご」「きんぎょがにげた」「いないいないばあ」「あそびましょ」「ただいまー」「ぼくのものわたしのもの」「のせてのせて」「おつきさまこんばんは」「またあしたね」

十二月二十八日　ルノアールの絵十枚　「本を読む女」「テラスにて」「ピアノを弾く婦人」「ピアノに寄る娘たち」「麦わらを持つ少女」「子どもの肖像」「浴女の習作」等

土門拳写真集より　「法隆寺九面観音立像」「広隆寺弥勒菩薩半伽像」「室生寺弥勒菩薩像」

「こねこちゃんえほん」（いもとようこ・絵）「ノンタンシリーズ」「のってみたいな」「いただきまーす」「ちいさなて」「ねこがいっぱい」「いぬがいっぱい」「ひよこのえほんちょうちょうひらひら」「ママだいすき」「いないいないばあ」（松谷みよ子）「のせてのせて」（松谷みよ子）「あかちゃんのわらべうた」（松谷みよ子）「きん

ぎょがにげた」「ひよことあひるのこ」「ブルーナのあいうえお」三冊「あそびましょ」「がたんごとんがたんごとん」

※一日約二十冊読む（見る）。

※一日二十五冊の読み聞かせ

・百四十枚の絵カード　・四十枚の世界名画カード

「こぶたのあかちゃんシリーズ」（北山葉子・絵）「ちょうちょうひらひら」「がたんごとんがたんごとん」「あそびましょ」（偕成社）「おいしいよ」「きんぎょがにげた」「ママだいすき」「なにのあしあとかな」「あーんあん」「ルルちゃんのくつした」「たべちゃった」「ひよこのえほん」（フレーベル館・絶版だが図書館で借りる）

※ダ・ヴィンチの絵九枚見せ始める。（何と気高い人格！）

一歳二ヶ月までの教材一覧（絵本を除く）

○童謡　「あめふりくまのこ」「ことりのうた」「カレーライスの歌」「チューリップ」

○音楽テープ

「アイネクライネ・ナハトムジーク」「四季」「ユーモレスク」「トルコ行進曲」「愉快なかじや」「ビバルディ協奏曲ト短調」「子守唄」「アベ・マリア」「ヴァイオリン曲（エルマン、ティボー、クライスラー等）」（鈴木メソッド）

○世界の名画

・ルノアール「舟遊びをする人達の昼食」「テラスにて」「ピアノを弾く婦人」「ピアノに寄る娘達」「本を読む女」「麦わらを持つ少女」「子どもの肖像」「浴女の習作」

・ドガ「舞台の二人の踊り子」「舞台の踊り子」

・北斎「富岳三十六景『山下白雨』『神奈川沖浪裏』」「菊」

・歌麿「母と子」

・広重「亀戸梅屋敷」

・ねむの木学園「秋の二人」「雪のふる夜」

○土門拳写真集・仏像「法隆寺九面観音立像」「広隆寺弥勒菩薩半伽像」「室生寺弥勒菩薩像」「浄瑠璃寺本堂吉祥天立像」「中尊寺金堂地蔵菩薩立像」「法隆寺夢殿観音菩薩像」

・建物「法隆寺西院五重塔」「法隆寺西院中門列柱」「平等院鳳凰堂懸魚」

・陶器等「襖引き手」「備前かぶら徳利」「古久谷武蔵野図小皿」

・花、木「蓮花」「睡蓮」「白梅」「石楠花」「竹」「蘭草」「桜」「とうもろこし」

・風景「わらぼっち」「雪もみじ」

○千代紙　二枚

○絵カード（絵と文字）　くし　鉛筆　スプーン　時計　鋏　西瓜　馬　花　金魚　ケーキ　蛙　太鼓　椅子　靴下　帽子　風呂　家　汽車　電車　バス　三輪車　ブ

ランコ　滑り台　パンダ　机　本　葉　魚　卵　御飯　牛乳　フォーク　積み木　眼鏡　耳　口　目　手　水　苺　蜜柑　猫　犬　象　大根　人参　鶏　靴　箸　皿　歯ブラシ　コップ　自動車　冷蔵庫　新聞　テレビ　電話　アイスクリーム　足　バナナ

○花カード

梅　椿　山茶花　石蕗　蒲公英　蕗の薹　辛夷　南天　枇杷　青木　シクラメン　八手　福寿草　桜　猫柳　木瓜　水仙　菫　シャコサボテン　万作

○自動車カード

キャリアカー　バス　フォードモデルT　ブガッティ　フェアレディZ　トラック　BMW　高所作業車　消防車

○虫カード

トンボ　カブトムシ　チョウ　カメムシ　バッタ　カ　ハチ　ガ　セミ　アリ

○魚カード　真鰯　飯蛸　柳葉魚　秋刀魚　金目鯛　真子鰈
　鯖　浅利　車海老　蛍烏賊
○文字カード　大きい　小さい　ボタン　みかん　コップ　長い
　短い　暗い　セーター　皿　レコード　登る　明るい　嬉しい　悲しい　シクラメン　ソファー
　歩く　投げる　（以上）

一歳三ヶ月

スルバランの絵八枚開始
「ちいさなて」「ごあいさつあそび」「いないいないばああそび」「いただきますあそび」（きむらゆういち　あかちゃんのあそびえほん）「ノンタンあそびましょ」「あそびましょ」（松谷みよ子）「にらめっこしましょ」（ひよこのえほん）「ルルちゃんのくつした」「あーんあーん」「もういいかい」（いもとようこ）

一歳四ヶ月

「ひよこのえほん」～「ルルちゃんのくつした」「あーんあーん」
「幼児の国語絵じてん」（三省堂）初めて見せ始める。

一歳五ヶ月

「幼児の国語絵じてん」は二冊目の「カ行」に入る。

「ロージーのさんぽ」「ひよこのえほん」～「バナナです」「あそびましょ」「ぴよぴよぴよぴよ」「かずのえほん1・2・3　どうぶつえんへ」「ブルーナのあか、しろ、きいろ」「ブルーナのまる、さんかく、しかく」「ブルーナの1・2・3」「ブルーナのどうぶつおやこ」「ブルーナのどちらがおおい」

一歳六ヶ月

※初めて高這いで二～三歩歩く（膝が曲がらない）。

※「童謡カード」（公文出版）をよく見る。十曲は軽く集中。文が在宅中は、童謡テープ、レコード、クラシックテープが常に流れている。

※夜十時までドーマン体操。絵本読み。手指の訓練。朝は七時～五十分訓練。

「ひよこのえほん」「ロージーのおさんぽ」「あめのひのころわん」

「ほらおんなじ」「にこにこうぇ～ん」

一歳七ヶ月

※伝い歩き開始。

一歳八ヶ月

「もこもこ」「にらめっこしましょ」「りぼんちょうだい」「ぞうくん

一歳九ヶ月

のさんぽ」「ブルーナのかず1・2・3」ブルーナの本「ごあいさつあそび」「にこにこうぇ〜ん」「幼児のこくご絵じてん」

※毎日二十冊。日によって三十冊見せる。

「幼児のこくご絵じてん」「ノンタンブランコのせて」「ずいずいずっころばし」「おいでおいで」「これなあに」「ひとつとたくさん」

※紫斑病の疑いで六日間入院。全身紫色の斑点が出るが妻は薬の副作用かもしれないというので、医師に相談して、退院を希望した。担当医師が変わると病名も変わるということがあり、結局病名は確定せず、斑点も自然と消えていった。

※自宅で夕食後長女のヴァイオリン・ミニコンサート。メロンのデザート付。バッハ作曲「メヌエット」。ビヴァルディ作曲「Aモール」フィヨッコ作曲「アレグロ」。文は「Aモール」が好きで、この曲が流れるとヴァイオリンを弾く真似をする。

一歳十ヶ月

「幼児のこくご絵じてん」「ことばのべんきょう」「漢字絵じてんお空のさんぽ」「ずいずいずっころばし」

一歳十一ヶ月

※独り立ち開始。三十分も一人で尻に汗かいて練習している。独り立ちでき、文は興奮して何やらママに夢中で話しかける。挑戦する姿がいじらしい。

※漢字カードの月、星等が取れた。

※百％玄米をよくかんで食べた。

※ウンチを教える。左手でオムツをさわる。オマルに座らせたら見事に出た。

※ＥＳＰカード　長女9／20　妻8／20　父親0／20　長女は右手に形が見えてくるという。

※片手をママとつないで十歩歩く。

「お空のさんぽ」（公文）「ことばのべんきょう」（四冊・かこさとし）「ことば絵じてん」（三省堂）

二歳〇ヶ月

※ついに右足を一歩前へ踏み出す。二足歩行の開始。

「いただきまーす」「どうすればいいのかな」「こんにちは」「さんかく」「どうぶつのこどもたち」「でんしゃにのった」「おおきなぞう

誕生日・２歳

二歳一ヶ月

さん」「ゆうたはともだち」「ゆうたとさんぽする」「ゆうたのゆめをみる」「くまちゃんのかいもの」

※ランゲージパル（トーキングカード）で英単語と漢字を始める。

※名画カード三十一枚（八ツ切）以下のカードは八ツ切の四分の一　鳥（十二枚）名画（八枚）植物（八枚）童謡（十四枚）漢字（六十六枚）ひらがな（十六枚）音符（五枚）詩・俳句（三枚）絵（四枚）

※ヴァイオリンレッスン「キラキラ星」ママに後ろから抱かれるようにして弾く。大好きだからうれしそう。

「ちいさなきいろいかさ」（西巻茅子）「ちゃいろのこぐまくんあさごはん」一日二十冊。三十分ほどは苦もなく集中。一時間読み聞かせをしていて親が先に疲れる。「幼児のこくご絵じてん」（三省堂）と「ことばのべんきょう」（福音館）は、一年間毎日見てあきない不思議な魅力！

「かばくん」「タンタンのずぼん」「しろくまちゃんのほっとけー

き」「くまさんくまさんなにみてるの?」「どうぶつのこどもたち」「おつかい」「ノンタンのたんじょうび」「ノンタンはっくしょん!」「ノンタンボールまてまて」「松谷みよ子　あかちゃんのわらべうた　おおさむこさむ」「みんなでうたおうどうようえほん」「ママミイ&ベビーえほん」(いぬとねこ、バスとでんしゃ、はしれはしれ、たのしいのりもの、あいうえお等六冊写真版)「ひとりでうんちできるかな」「ぽぽぽぽ」「びりびりやぶいたら」「えくぼ二月号」「マミイ二月号」

二歳二ヶ月

「どうぶつのこどもたち」「おつかい」「タンタンのずぼん」「くまさんくまさんなにみてるの」「しろくまちゃんのほっとけーき」「こやぎがやってきた」「ぼくのくれよん」「ゆうたとかぞく」「にゃんにゃん」「おつかい」「Brian Wildsmith's ABC」

二歳三ヶ月

「ノンタンおやすみなさい」「ノンタンたんじょうび」「ノンタンあかんべ」「これなあに」「おまたせしました」「ぼちぼちいこか」「くまさんのかいもの」「くまさんのあさはおおいそがし」「ふうせん

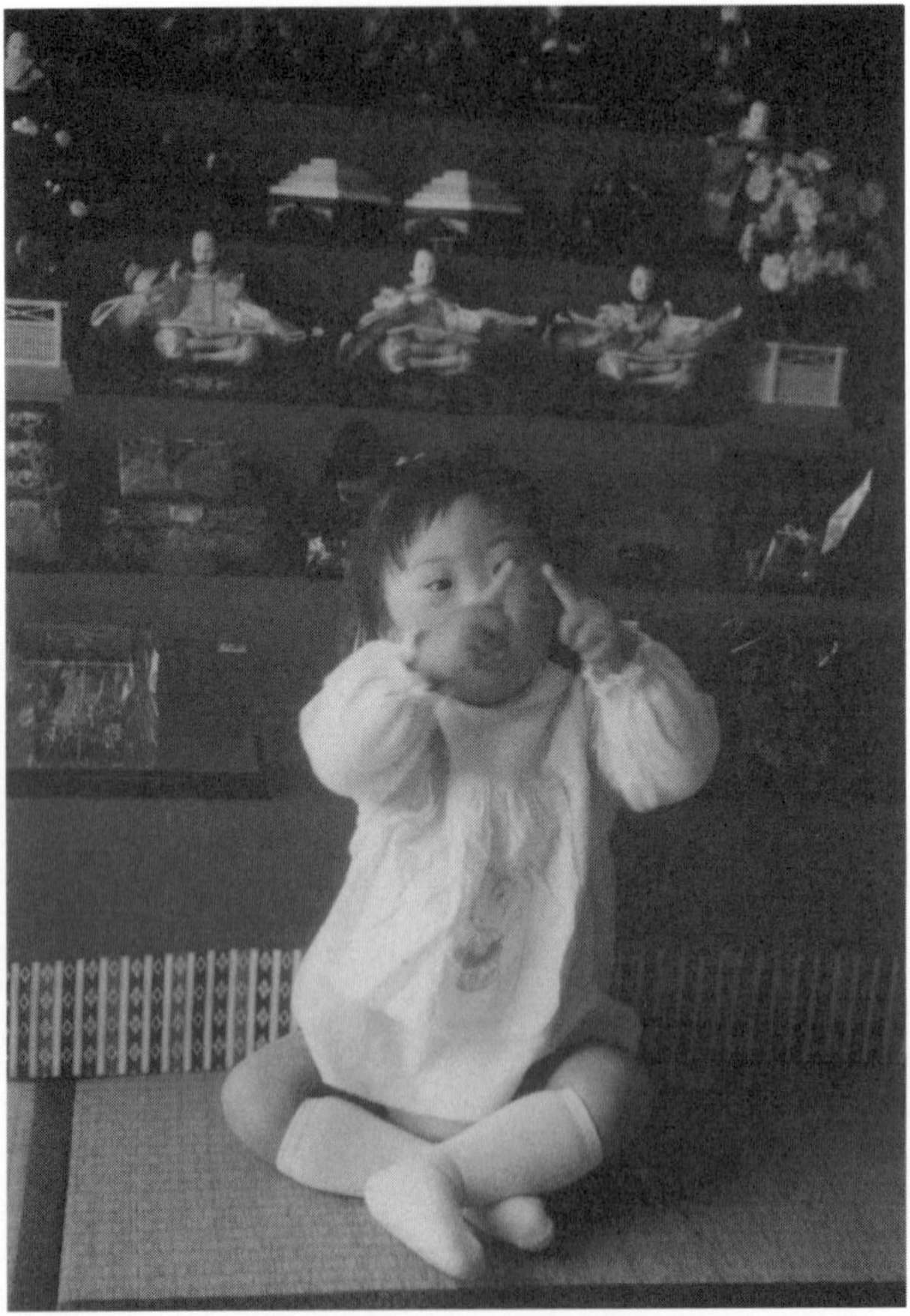

♪ありさんとありさんがごっつんこ♪・2歳2ヶ月

ねこ」「にゃんにゃん」「おつかい」「しろくまちゃんのほっとけーき」「こぐまちゃんのどろあそび」「Brian Wildsmith's ABC」「ぼくのくれよん」

二歳四ヶ月　「おつかい」「しろくまちゃんのほっとけーき」「Brian Wildsmith's ABC」「Papa, please get the moon for me」「My vest is white」「えくぼ六月号」「マミイ六月号」「ベビーブック六月号」

二歳五ヶ月　「ぼくうんてんできたよ」「くまさんくまさんなにみてるの?」「My vest is white」「おとうさんあそぼう」「ふねにのった」「ずかんじどうしゃ」「おいしいよ」「こぐまちゃんとどうぶつえん」

二歳六ヶ月　「ちいさいももちゃん　ソースなんてこわくない」「ちいさいももちゃん　おいしいもののすきなくまさん」「こぐまちゃんとぼーる」「こぐまちゃんいたいいたい」「おひさまあはは」

二歳七ヶ月　※二語文「お水　ちょうだい」始まる。
「ちいさいももちゃん　ソースなんてこわくない」「ちいさいももちゃん　おいしいもののすきなくまさん」「こぐまちゃんとぼーる」

二歳八ヶ月

「こぐまちゃんいたいいたい」「よるのさんぽ」「ゆうたくんちのいばりいぬ」

「ちいさいももちゃん　おいしいもののすきなくまさん」（※全文暗記していて、一緒に語尾だけ親と合わせて言う。）「こぐまちゃんいたいいたい」「よるのさんぽ」「ゆうたのおかあさん」「ゆうたのおとうさん」「ひらいたひらいた」「こぐまちゃんおやすみ」「たんじょうびおめでとう」
※お絵かきを始める。なぐり書きでぐるぐる書きや斜めの線など。
※眼科の診断……近視性乱視。右目は強い近視で十cm位しか見えないはず。両目白内障。メガネをかけて治す。
※二ピースのジグソーパズルができた。

二歳九ヶ月

※土門拳死去
「たべちゃった」「カレーライス」「どうようえほん」「おとうさんのひざ」「だっこだっことかってかって」「こぐまちゃんおはよう」「くまさんくまさんなにみてるの?」「おふろ」「ゆうたとかぞく」

「できたよできたよ」「よういどん」「あかたろうの1・2・3の3・4・5」「The apple」「おいしいたべもの」「どうようえほん」「ことばのべんきょう」「幼児のこくご絵じてん」「ベビーブック十月号」「えくぼ十月号」「マミイ十月号」

※バーンスタイン死去

※幸田文さん死去八十六歳

※三ピースのジグソーパズルができた。

「こぐまちゃんおはよう」「よういどん」「おふろ」「くまさんくまさんなにみてるの?」「めがねうさぎ」「おじさんのかさ」「ちいさいももちゃん　おんにょろにょろ」「どうすればいいのかな」「こぐまちゃんおはよう」「そらはだかんぼ!」

二歳十ヶ月

(※理解語四四〇)

※四ピースのジグソーパズルができた。

※眼科視力検査・両岸メガネをかけて〇・二

「ちいさいももちゃん　おんにょろにょろ」「こぐまちゃんおはよ

二歳十一ヶ月

う」「くまさんくまさんなにみてるの?」「しろくまちゃんのほっとけーき」「やさい」「くまとりすのおやつ」「ぼくおなかがぺこぺこ」「ちいさいももちゃん　ルウのうち」「しろくまちゃんぱんかいに」「I can dress myself」「ぐりとぐら」（大好きで何度も読まされる）「ありとすいか」

三歳〇か月

※童謡百曲鼻歌で歌える。

※本多正明先生指導七十七%の成長

「絵ことばじてん」（三省堂）「ちょっとまってて!」「ありとすいか」「エンソくんきしゃにのる」「グリとグラ」「あかたろうの1・2・3の4・5・6」「なんでもパパといっしょだよ」

※幼児の図画帳を一時間で描き切る、ものすごい集中力。

三歳一ヶ月

※初めて偶然「の」が書けて、自分で驚き、「の」と叫んだ!

※偶然か「3」が書け、「ママ、ママ、ママ、ママ」と台所へ走って行き、喜びを全身で表現していた。

※「ルノアール」と言いながら、世界名画カードを自分でめくっ

ている。「平川の大杉（土門拳写真）」「レオナルド・ダ・ヴィンチ」などど言っていた。

「あかたろうの1・2・3の4・5・6」「なんでもパパといっしょだよ」「よくばりすぎたねこ」「えくぼ二月号」「おともだち二月号」「ちょっとまってて！」「ちいさいしょうぼうじどうしゃ」「わにくんのたんじょうびんだね」「ぐりとぐら」「うたのすきなかえるくん」「へえーすごいいっているの」「カレーライス」「たべちゃった」「なにがはじてん」「だっこだっことかってかって」「「幼児のこくご絵じてん」（全六冊）「みんなでうたおうどうようえほん」（全四冊）

※初めて顔の絵を描く。

※「プリン！」と言って走ってきた。偶然プリンが描けた。

※中川一政死去九十七歳

「Brian Wildsmith 1.2.3」「ちょっとまってて！」「「なんでもパパといっしょだよ」「ちいさいしょうぼうじどうしゃ」「おじさんのつえ」「ペンキやさんのしろえのぐ」

三歳二ヶ月

三歳三ヶ月

※英語で言える……head, hair, nose, eye, mouth, sholder, hand, knee, toe, ear

※五語文「うんとさ、お姉ちゃん、文ちゃんのうどん、食べた」「ぼく、お月様とはなしたよ」

※「Get up!」と寝ている姉に言う。英語が随分身体に入っている。

※「お姉ちゃんがんばってね」「お姉ちゃんは偉い」などと言うので、苦笑させられる。

三歳四ヶ月

※「枯樹賦」（ちょ遂良）「雁塔聖教序」（ちょ遂良）中国の名筆をカードで見せ始める。

◎「マミイ&ベビーえほん」全二十冊のうちから「おいしいたべもの」「カレーライス」「たべちゃった」の三冊は暗記するまで繰り返し読んだ。

「アンパンマンとらくがきこぞう」「アンパンマンとナンカヘンダー」「ちいさいももちゃん　おいしいもののすきなくまさん」「ちいさいももちゃん　ぽんぽのいたいくまさん」「ちいさいももちゃん

あめこんこん」「ちいさいももちゃん　おんにょろにょろ」「ちいさいしょうぼうじどうしゃ」「ぼくおつきさまとはなしたよ」「あかたろうの１・２・３の４・５・６」「へえーすごいんだね」「どうようえほん」「かどかわこどもことばじてん」「それいけ！アンパンマン」「いちご」「ぼく、お月さまとはなしたよ」「ぐりとぐら」「ちいさなきいろいかさ」「はらぺこあおむし」「しょうぼうじどうしゃじぷた」「だるまちゃんとかみなりちゃん」「いたいのいやだ　かゆいのごめん」「月刊誌ベビーブック」（以上、三歳四ヶ月まで）

二歳九ヶ月（平成二年九月三十日）一日の教材一覧

（大学ノート六ページ分）

ランゲージパル（英語カード）二度見るほど好き。

lemon strawberry icecream potato vanilla hamburger cookie honey

melon tomato cherry peach barbecue carrot whistle kitchen color pencil

table pencil sharpner casseteplayer telephone dollars card room
terevision locker bed T-shirt clock newspaper books eyes mouth ears head
shoulders legs ear supermarket bus car chopper rain fire engine tiger
monkey bear dog fox（以上は大方理解している）
boy dad pupil smile drink walk read eight nineteen twenty forty fifty
october november september august december winter headache
stomachache circle pink sleepy
He's there. How's weather? It's fine. May I come in? Sure.
That's your pencil. This is a flower. How do you do. That's a tree.
What's that? It's a church. What's this? I don't know. Do you play soccer?
Yes, I do. Is that a kite? No.

世界名画「土門拳」写真集より

「室生寺五重塔遠望（春）」「女人高野室生寺」「浄瑠璃寺本堂吉祥天立像面相」「吉祥天立像　頭部　京都浄瑠璃時本堂」「神護寺本堂　薬師如来像」「高山寺　汗血馬

像」「八角燈籠　音声菩薩（横笛）奈良東大寺大仏殿前庭」「室生寺　弥勒堂弥勒菩薩立像」「高山寺　開山堂　明恵上人」「東大寺　戒壇堂　多聞天立像」「奈良薬師寺　日光菩薩像」「夢殿　観音菩薩像」「薬師寺遠望」「室生寺奥の院参道」「まるばふゆいちご」「藪椿」「朝霞　わらぼっち」

日本名画

「名樹散樹」速水御舟　「平川の大杉」八木下弘

世界名画

「フランドルの貴婦人の肖像」ヴァン・ダイク
「舟遊びをする人たちの昼食」ルノアール
「子どもの肖像」〃
「浴女の習作」〃
「眠る裸婦」〃
「桟敷席」〃

「櫛をとかす女」　〃
「貧しき食事」　ピカソ
「聖母子とマルティン・ヴァン・ニューベンホーベンの肖像」　メムリンク
「大公の聖母」　ラファエロ
「ヴェールの女」　〃
「雪中　浄瑠璃寺」　入江　撮影
「ぼたん」　〃
「吉祥天」　〃
「仏　涅槃図」　〃
「青銅時代」　ロダン
「ミニョン」　〃
「カレーの市民」　〃
「モルラ・ヴィキュナ夫人」　〃
「母と子」　ブールデル
「りんご」　〃

「西窓のステンドグラス　シャトル大聖堂」　ステンドグラス
「三人のタヒチ」　ゴーガン
「母と子　大判錦絵」　歌麿
「二代大谷鬼次の奴江戸兵衛」　写楽
「干草の収穫」　ピーター・ブリューゲル（父）
「風景」　コロー

格言

住めば都　時は金なり　子どもは風の子　急がば回れ　花より団子　石の上にも三年
猿も木から落ちる　鬼に金棒　蛙の子は蛙　一を聞いて十を知る　負けるが勝ち
五十歩百歩　絵に描いた餅　猫に小判　（「集中すれば早く終わる」姉の創作）

（公文の俳句カード）　歯にあてて雪の香ふかき林檎かな
澄む月や髭をたてたるきりぎりす

柿食えば鐘が鳴るなり法隆寺
行水のすてどころなき虫の声

詩（公文のカード）
「報告」宮澤賢治　「青葡萄」竹中郁
「おもいで」木下夕爾　「チューリップ」三好達治

（カード）
鼻は一つ　顔は一つ　頭は一つ
目は二つ　耳は二つ　口は一つ
手は二つ　足は二つ

楽しい英語の歌大全集
ABCの歌　ハッピーバースディトゥユー　ドレミの歌　じゅうににんのインディ
アン　グッドモーニングトゥユー　きらきらぼし　エーデルワイス　しあわせなら
手をたたこう　ユーアーマイサンシャイン　アーユースリーピング　はしの上で
草けいば　ロングロングアゴー　マクドナルドじいさん　くわのきをまわりましょ

レコードに合わせ、メンデルスゾーンのコンチェルトを弾く
（弾いているつもりの）文　６歳

う　メリーさんのひつじ　たんぼの中の一軒屋　手をたたこう　花はどこへいった　線路は続くよどこまでも　ラッシーをみたかい？　アルプス一万尺　三匹のねずみ　ハッシュリトルベイビー　友だち賛歌　ホエアーイズファーザー　ひとさじのおさとう（二ヶ月くらい毎日聞かせている）

世界の巨匠による名曲アルバム　鈴木メソッド　母と子の名曲アルバム

ベートーベン「交響曲第八番第二楽章」
クライスラー「Caprice　viennois」
ショパン「ワルツ六番」「ワルツ九番」
シュワルツコップのソプラノ「ダニーボーイ」
パブロ・カザルスのチェロ「バッハ No.3」
ピアノ「メンデルスゾーン op.30　No.6」
ハイフェッツのヴァイオリン「モーツアルト　ヴァイオリンコンチェルト No.4 & No.5」

※長女の演奏に合わせて、文も一緒にフォームを、真似る。左手はしっかりとヴァイ

オリンを持ち上げていて、右手の弓のアップダウンを真似る。
※文は自宅では音楽をフルタイムで聞いている。鈴木メソッドの音楽がほとんど。現在、母親に後ろから抱かれるようにして、弓の動かし方を学ぶのが大好き。

絵本

「くまさんくまさんなにみてるの」「ゆうたとかぞく」「できたよできたよ」「ようちえんいどん」「こぐまちゃんおはよう」「あかたろうの1・2・3の3・4・5」「THE APPLE」「おふろ」「カレーライス」「たべちゃった」「だっこだっことかってかって」「おいしいたべもの」「マミー10月号」「ベビーブック10月号」「えくぼ10月号」「どうようえほん」「ことばのべんきょう」「幼児のこくご絵じてん」「ことばえほん」

その他　教材・訓練等

○パズルボックス
○ブロックひもとおし

○積み木
○二ピースのパズル
○ドーマン体操
○足の裏のマッサージ
○ジャンプ
○お絵かき　三十分（APPLEが多い。プリン、おにぎりとこの三種類がほとんど）
○食事には、ビタミンC　磁養鉄　レシチン　カルシュームを摂り入れている。

※以上大学ノート六ページ分が一日の教材。英語も絵本もヴァイオリンも歌も散歩もおいかけっこも食事も皆、同じように大好き。これに、毎日少しずつ教材を入れ替えている。十月になり「ことわざ」も覚えた。「石の上にも」と親が言うと、「三年」と応える。「猫に小判」「早起きは三文の徳」等が得意。

「さとうわきこ原画展」小さな絵本美術館（長野）にて・小学１年

三歳の絵

描き始めてから、一年でお絵かき帳は一〇〇冊近くなった。一心不乱に一日で一〇〇枚ほど描く日もある。

鉛筆、色鉛筆、マーカー、クレヨンなどが画材。

三歳六ヶ月……「ドーナツ」

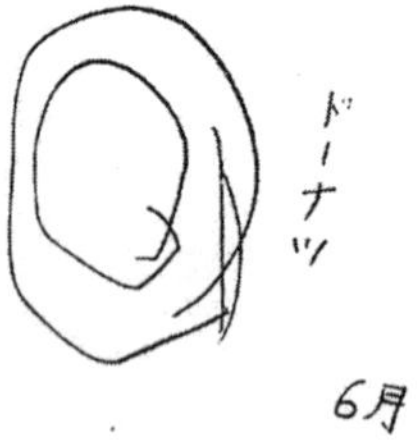

「初めての人物」（足が画面の上方、頭が下にある）

三歳七ヶ月……「プリン」（赤いサクランボがプリンにのっている）

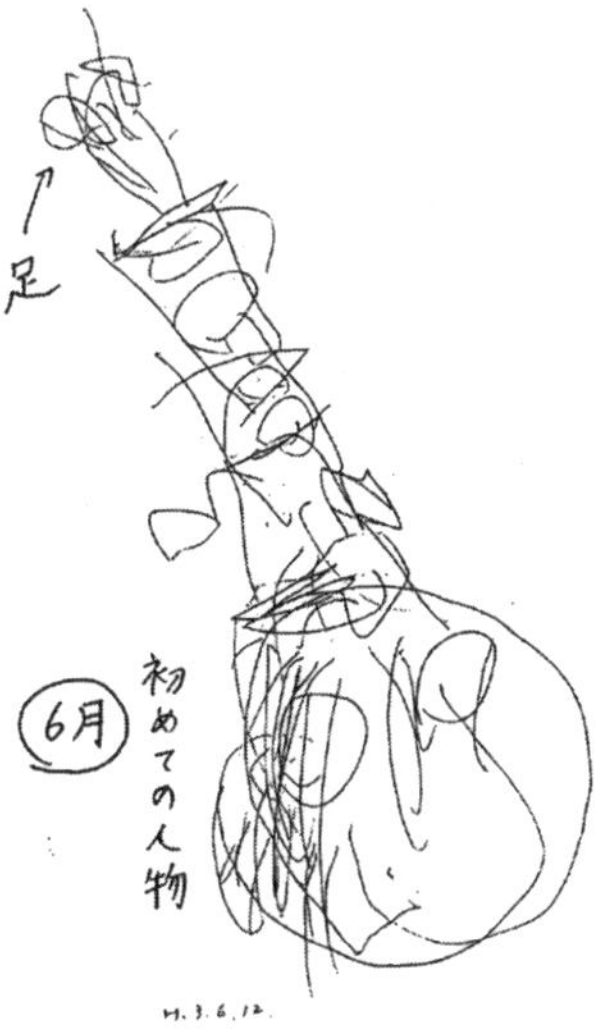

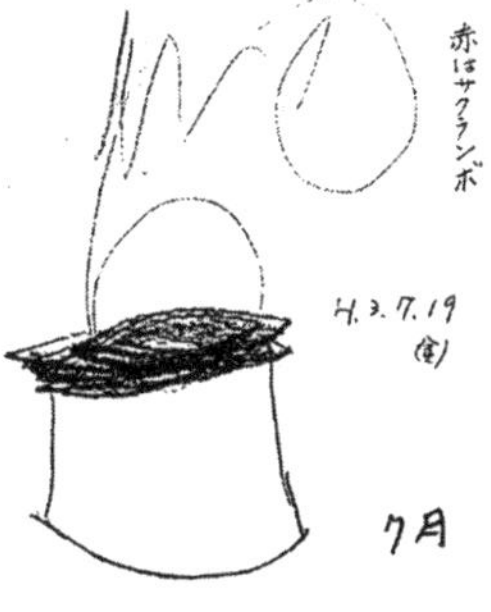

「おばあちゃん」（祖母宅で夕方に描く）

「自画像」（「文ちゃん、眼鏡、えんえん」と言いながら、眼鏡をかけて泣く自画像を描く）

三歳十ヶ月……「人物」（顔に鼻が二つある）

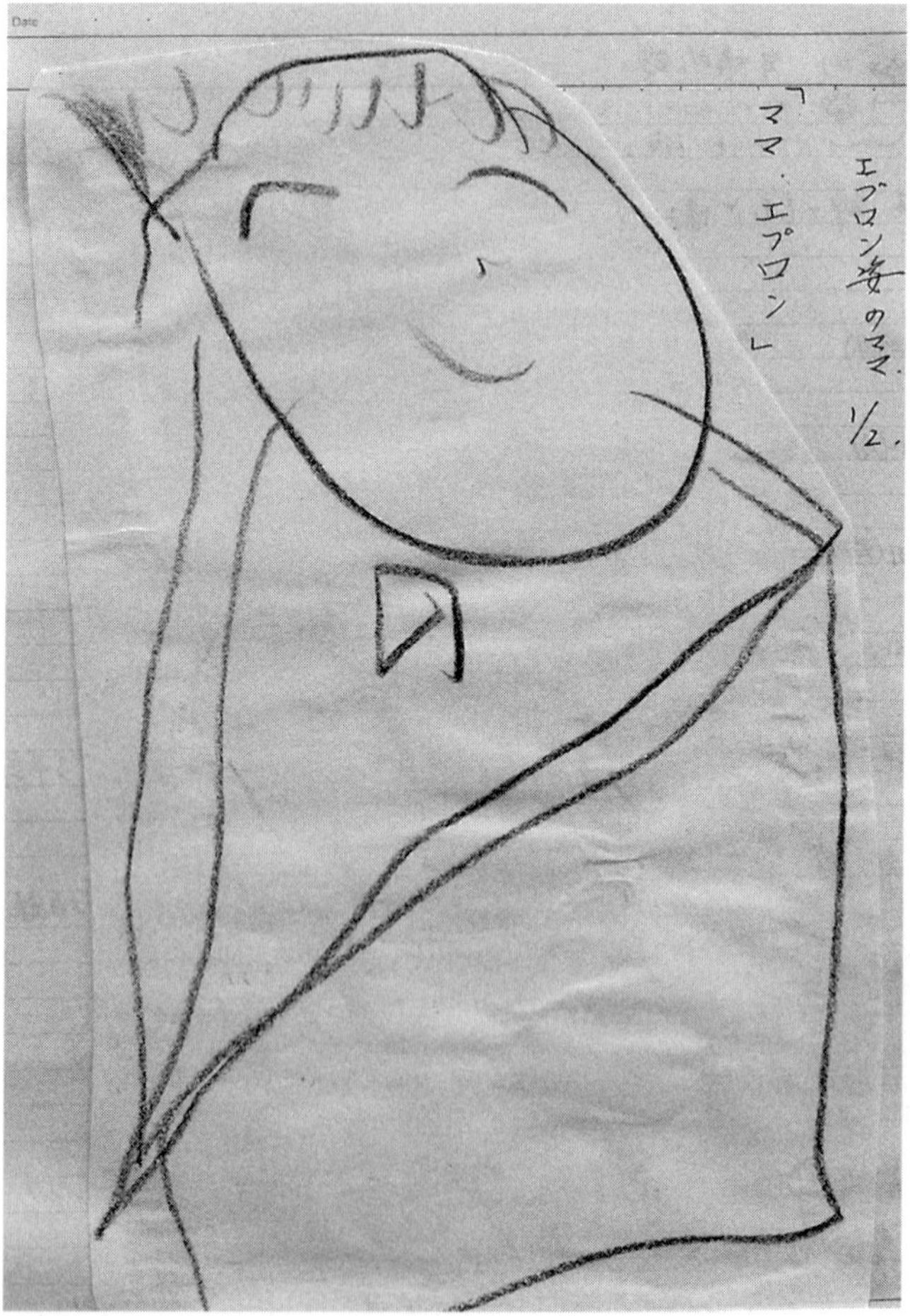

4歳0ヶ月

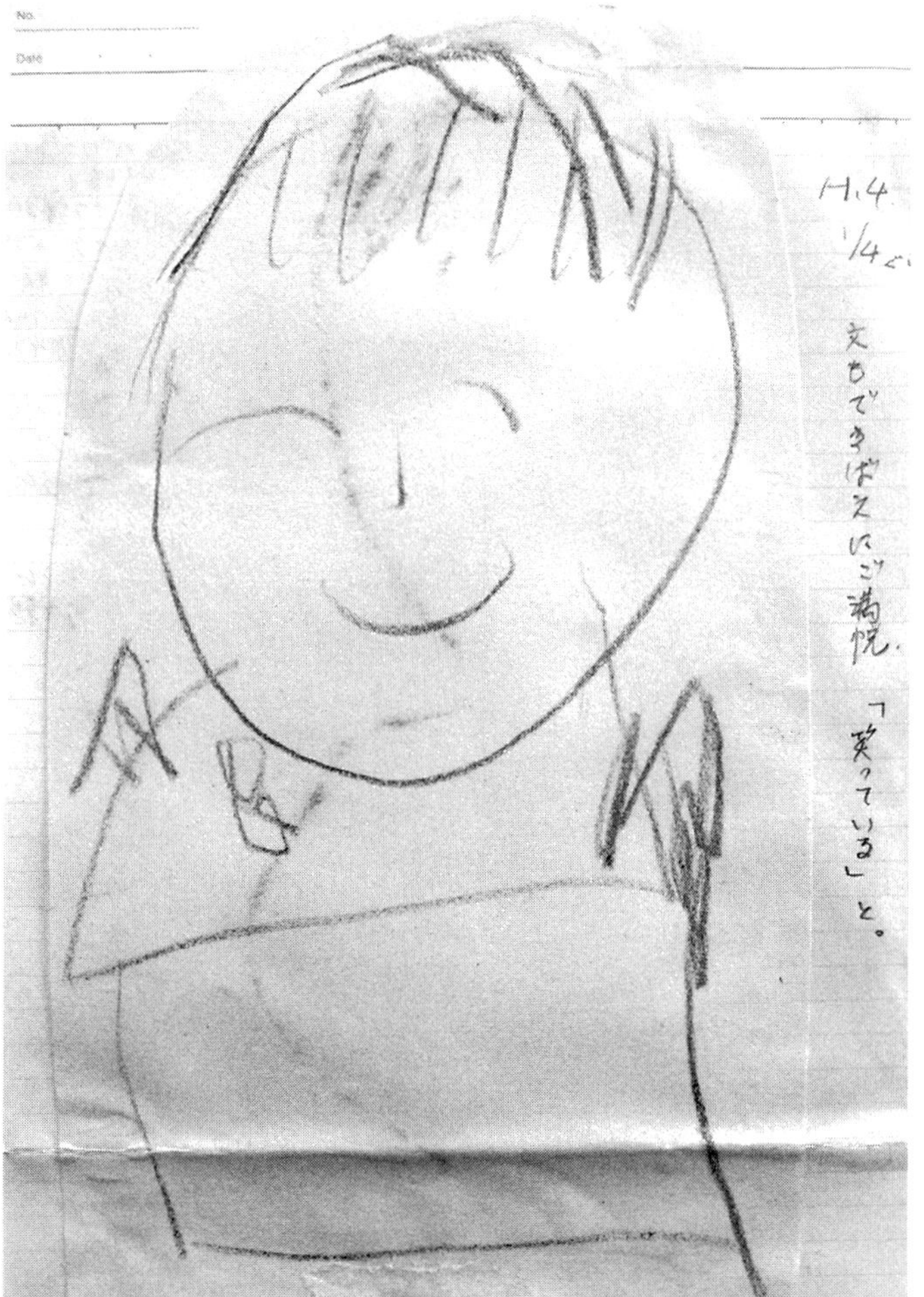
H.4.
1/4
文もできばえにご満悦。
「笑っている」と。

4歳1ヶ月

4歳3ヶ月

5歳8ヶ月

岡本佳子さんとの出会い

佳子さんは、札幌で活躍するダウン症の絵本作家である。絵本を出版されたり、テレビ出演、講演活動や絵画展と、巾広く活躍されている。

佳子さんとの出会いは、佳子さんが二十歳の時であった。紳士のお父様と知性とエネルギーに満ち溢れたお母様、そして優しく気品あふれるお姉様と天使のような佳子さん。札幌のご自宅に訪問したり、埼玉県にいらした時にお会いしたり、手紙のやりとりなどでたくさんの励ましとご指導を受けてきた。

何と言っても、お母様のパワーには圧倒される。電話口でのお話でもひしひしと熱情が伝わってくる。この親にしてこの子ありと言われるが、このお母様に育てられた佳子さんこそ幸せであろう。

まだ、ダウン症の療育機関が現在ほど整備されたいなかったころ、岡本家では手探りで一つひとつを解決していかれた。発音の訓練では、舌が口から出やすいので、塩水を舌の先にちょこっとつけて引っ込めさせる。スプーンで軽く舌を押し込む。カセットテープで正しい日本語を耳に入れるなど、アイデアあふれるものであった。その他、手先の訓練、部屋の整理の仕方など山のように学ぶことがあった。

診察で埼玉県立小児医療センターに行った時、生まれた時からお世話になっていた福嶋正光先生に、岡本佳子さんの活躍をお話した。DK外来の中心であった福嶋先生は同じ札幌の大学で学ばれたということもあって、岡本佳子さんの作品展を計画された。そんな関係で私は、その作品展の実行委員長を引き受けることになった。

「岡本佳子の世界並びに友情作品埼玉展」

一九九五年三月五日～三月八日　主催・埼玉県（埼玉県立小児医療センター）・「岡本佳子の世界・友情作品埼玉展」実行委員会

『埼玉展』開催にふれて　実行委員長　原田直示（大宮市・麦の会会員）

○ダウン症候群総合訓練外来（DK外来）講演会第十回記念「岡本佳子の世界・友情作品埼玉展」が開かれますことを感謝申し上げます。

期間中は、佳子さん親子も会場にいらっしゃる予定です。

親の会も作品展準備、受付などをお手伝いします。

近隣の皆様のご来場を心よりお願い申し上げます。

「ダウン症少女が絵本作家に！　〝札幌のヘレン・ケラー〟と母感動の二十年‼」という新聞広告が目に飛び込んできたのは、ダウン症の娘・文が五歳の平成五年三月でした。さっそく「週刊女性自身」を買い求め、『円山八十八ヶ所のおじぞうさま』（エフェー出版）という絵本が出版されていることを知りました。明るい色彩と生命力あふれる画面に驚き、たまらずお手紙を書きました。二、三日後、思いがけずお電話をいただき、ちょうど浦和の障害者交流センターへご家族で展覧会の下見にいらっしゃるとのことでした。お忙しいスケジュールの合間にお話を伺い、佳子さんのあふれる優しさに心洗われる思いがしました。その後、札幌のご自宅での研究会に親子で参加させていただいたりしました。

私事にわたって恐縮ですが、私たちが岡本さんご一家から力を得たように、多くの方々の希望となることと思います。

前回のＤＫ外来講演会で、ダウン症候群の主症状を決定する染色体の解明が非常な速さで進み、夢が現実になる時代が訪れるだろうと聞きました。

岡本佳子さんの作品・埼玉の作品を、生きる証として、私たちも歩んで行きたいと思います。

保育園でのクリスマス会

平成六年十二月十六日

妻の育休があけ、文は公立の保育園にお世話になることになった。

障害を持った子どもを預かるのはどんなに大変だったことだろう。だが、先生方は温かく受け入れてくださり、幼い子どもが学ばねばならない一つひとつを丁寧に教えて下さった。乳幼児期の大切な時期に深い愛情と適切な躾をしてくださったこの園に深く感謝している。忙しい中、びっしり書き込まれた毎日の連絡帳は我が家の宝物である。

読み返してみると、こんな一日があった。

その日は保育園のクリスマス会で、キャンドルサービスが行われた。

幻想的な世界の中で、文も友達と一緒に、初めから最後まで演じ、歌った。

暗い中、よく見ればメガネをかけているのでわが子である。何か他の子が演じているようにも思え、信じられないほど嬉しかった。

この日は、特別に長女と妻のヴァイオリン二重奏で、「きよしこの夜」を演奏させていただいた。

園児の皆さんに、ヴァイオリンのサイズの違いを紹介しようと、いくつか用意しておいたところ、その中から、文も自分用の1／8のヴァイオリンを持って来て、当然のように長女と妻の演奏にわりこんで来た。家でもリズム弾きだけでメロディーはないが、三十分位は熱中演奏している。

長女の独奏、メンデルスゾーン作曲「ヴァイオリン協奏曲・ホ短調」の第三楽章でも、一緒になって、真剣な顔で弾きまくっていた。

そして、終われば、いち早くヴァイオリンを小脇にかかえ最敬礼をするのであった。

迷惑ではないかと心配したが、なりゆきに任せていただいた。

幸い、保護者の方々にも大目に見ていただき、

「文ちゃん、上手だったね。お姉ちゃんにもびっくりしたけど、文ちゃんのリズムが合っているので、びっくりしたよ」

と先生におっしゃった方もいたそうだ。

前日も長女と妻が「きよしこの夜」を合わせていると、文がツツと走って来てハンガーを取った。そして二人の前でハンガーを振り始めたのである。本人は指揮者のつもりであった。

長女は五年生になった時、音楽の道に進むことを決め、ヴァイオリンに加え、ピアノやソルフェージュなどのレッスンで週二回東京に通うことになった。

「お母さんがいない！」

長女のレッスンの付き添いで出かけた妻を追って、玄関でしばらく泣き崩れていることが続いた。そんな時、私は、文が泣き止むまでじっとそばにいることしかできなかった。

この生活は長女が音楽高校に入学するまで続いた。

クリスマス会

皆に励まされて

入学から一年間の記録

両親共働きの我が家では、文につきっきりというわけにはいかない。行動範囲が広がるにつれ、迷子の可能性もある。どこのだれだか知ってもらうには地元の小学校に通わせるのが一番であった。迷惑は承知で普通学級に入れていただいた。

一学期

四月八日　入学式（地元の普通学校）。体育館で三十分ほど一人で立っていられた。かなり緊張していて、爪をさわっている。

教室へ移動して、いよいよ担任の先生が一人ひとり呼名される。「はい」と返事できるのか。私たちは、全身を耳にして待ち構えていた。

「原田文さん」

入学式の日に校庭の花の匂いをかぐ

小学1年

「はい」

両親にもはっきり聞こえた。涙が出るほどの感動であった。

全員で、「さようなら」。それから、親子三人で先生にあいさつする。

小学六年の長女は、通学班の班長になる予定だったが、副班長になったという。というのは、班長は先頭に立って、班の全体を見なければならない。文が遅れた場合に個人的に助けられるのは、副班長だろう。それで、友達に頼んで副班長になったと言う。

四月十三日　祖母が文と一緒に教室まで付き添っていたが今日からいない。文は、ひとしきり教室で泣き続けた。そして、「お父さんとお母さんはお仕事。おばあちゃんは忙しいの」と、自分に言い聞かせるように繰り返していて、いじらしく思ったと先生からのお便りだった。(毎日いただく先生からの連絡帳は、一年で五冊にもなった。)

四月十六日　この一週間の激変。一日一日と病気が回復するかのように、学校になじんでいった。まさに先生に感謝の一週間だった。
祖母も初めのうちは、どうしようかと悩み、文と一緒に泣きたい気持ちだったが、

「強い子にしなくては」と念じ、心を鬼にして、文を励まし続けた。先生の愛情に深く感謝し、祖母はすべて先生のお言葉に従おうと心に決めた。

四月十九日　授業参観で文の自己紹介……「好きな食べ物はメロン。嫌いな食べ物はお野菜。よろしくお願いします」と立派にできた。

〈ユーモア集〉

1. 答案用紙に友達の名を書く。(自分の名の下に友達の名を書くこともある)
2. 教室の友達が気分が悪くうつぶせになっている。文も一緒に給食を食べないでうつぶせになっている。その子が元気になると、一緒に食べ始める。
3. 朝の健康診断で先生が「原田文ちゃん」と呼ぶと、「はい、風邪をひいています」と元気に答える。(「風邪をひいています」という言い方が気に入り、言ってみたいのだ。)
4. 母親の顔をのぞきこみ、「笑って」と催促。笑うと、「しわ」と言って母親の目尻をさわる。
5. 「原田コロワンさん」と動物病院で愛犬が呼ばれたのがおもしろかったようで、さっそく家族の名前を次のように呼ぶ。原田おかあさん、原田お父さん——。

6.「暗くて見えない」と言って笑う。目をつぶっているのだ。

7.文の作った俳句「お母さんは丸々太ったお尻かな」「ツバメの子けいこに飛ぶや馬の糞（尻）」

8.「味めぐり」という京都の菓子を「目ぐすり」と読んで、目薬をつける仕草をしている。

9.「ヘルメット」を「ベートーベン」と読む。

（ユーモア：現実と虚構の世界に壁はなく、全身全霊を込めて対象と同化しようとする試み）——。

〈知的サイドの成長〉

1.指を使って十までの足し算ができる。

2.「○時」「△時」（時計）のプリントを自分で全問正答を書く。

3.初めて漢字を書く。（大きい、小さい）

二学期

〈社会性〉

1. 運動会の一年生の参加種目に一緒に行動できた。
2. 一人で傘をさして、つぼめる。
3. 家でのお手伝いは、箸ならべ。

〈運動面〉
1. 鉄棒にジャンプして乗る。
2. 大縄を膝を屈伸して回せる。
3. マラソン大会で三周完走。

〈知的サイド〉
1. 授業参観で作文を朗読する。
2. 折り紙の「鶴」のくちばしをピシッと折れるようになった。
3. 絵画教室へ週一回通う。

〈言語面〉
1. 「お父さん、学校の先生だよね。学校で勉強がんばってね」
2. 初めて、一人で作文を書く。
3. 「チョー危ない」と自転車やバイクをよけ、道端に立ち止まる。

三学期

二月九日　掃除の時に掃除をしないで、体育館に遊びに行くことがあると先生からのお便り。それで、これから先のことを考えないといけないと二人（両親）で話し合った。勉強も難しくなるだろうし、お友達も今とは違ってくるだろうことも。すると、先生からお便りがあった。「私自身、負担が多いと感じたことがないのです。文ちゃんは性格もよく、クラスの中で障害になることはありません。『我が道を行く』でマイペースな行動です」と励まされ、有り難く涙が出る。

三月二十四日「キミが描く未来の夢」図画コンクール（スカイラーク主催）「店長賞」を受賞。

三月二十五日　修了式。担任の先生より、お友達のお母さんから次のようなうれしいお手紙をいただいたという内容。「また、『文ちゃん』というすばらしいお友達と一緒に過ごせたこと、あの子にとっては、とっても良いことだったと思います。『いろいろな子がいる』そのことを体験させていただけたことは、思いやりの気持ちとお互いを認め合う気持ちが育ったのではないかと思います。本当にありがとうございました」

こうして、一年が過ぎた。大きな緊張を強いられる学校から直接自宅へ帰るのではなく、民営の学童保育所へ寄る。ここで、思う存分羽を伸ばしているようだ。ゆったりと流れる時間の中で、文は自分のしたいことを自分のペースで心ゆくまでできる。それを見守り、指導してくださる指導員の先生方の辛抱強さに頭が下がる。

何しろ、初めて文が学童へ行った日（四月四日）、初対面の先生の肩をもみ始めたのだからびっくりした。幼い心が受け入れられていると感じ取ったのであろう。うれしかった。

「折り紙、ちょうだい」と学童の子が声をかけてきたので、文は、「何色がいい？」と問い返していた。早くも、学童に溶け込んでいるようであった。

「普通の子とうんとかけはなれているわけではないですから」というお言葉にも、私どもは大きな安心をいただいたのだった。

いつもと違ったり、わからなくなると固まってしまう文を指導員の先生方にどうやって理解していただくか、学童にお世話になるまで日々思案していたが実際、先生方は、決して強制ではなく一人の人間として言葉を尽くして文に接してくださっていた。このことは、文の大きな財産となっていったことだろう。

折り紙の「鶴」が折れるようになったり、縄跳びの前とびや後ろ跳びまでできるようになったりしたのも、学童のお友達がやっているのをじっと飽きずに眺めて、文の脳裏にしっかりイメージが定着していたからだろう。

学童でも学校でも実に多くのことを学んでいることに驚く。二人の娘のおかげで、私ども両親は、多くの立派な先生やお母さん、お友達にめぐり会えた幸せを感じている。

しかし、毎日は戦場のようだと言ったら大袈裟であろうか。とにかく、共働きなので、時間に追われている。生後三ヶ月から続けてきたドーマン体操も体重が二十キログラムを超えた今となっては、文を持ち上げるのに息が切れてしまう。読書、算数、生活のしつけ——やるべきことは山ほどあるが、できることだけを休まず続けていくしかなかった。

6歳

夕顔が満開・小学３年

関絵画教室

（関光二郎・関恒子先生）小学一年

文はいつも長女のヴァイオリンのレッスンについて行っていた。時にはレッスン中の長女の横へ行き、「お姉ちゃん、音違うよ」と言って、先生や長女を笑わせたこともあった。家でも自己流で楽しんで弾いていたので、六歳になった時、先生にレッスンをお願いした。先生の前でヴァイオリンを構えたまではよかったのだが、「左手はここにおいて」などと先生がおっしゃるやいなや固まってしまったのである。そして、いつの間にかヴァイオリンを手に取ることはなくなってしまった。

何か他のおけいこをと思っていた時、お絵書き帳に向かっている娘に「文ちゃん、お絵書き教室に行く?」と言ってみた。「うん行く」こうして絵画教室通いがスタートしたのである。

十月十八日（火）　関先生宅へ初めて伺う。絵画教室五時〜六時。

「こんにちは。お願いします！」

玄関へ向かう庭ですでに声を発し、椅子に座ったらすぐクレヨンで絵を描き始めた。少しの緊張も違和感もない。

握手をして、先生とにこやかに別れる。（人物画を描く）
※次回、用意するもの。水彩十八〜二十四色。クレパス十八〜二十四色。筆巻き。筆ナムラ0、6、8。平8、12。水拭き。バッグ。筆箱。鉛筆。十一月より入会する。

十一月一日（火）　第一回絵画教室　　五時二十分〜六時。

「こんばんは。お願いします！」と、門を開けてから言う。

先生が、文の前に柿を置き、「柿を描く？」と尋ねられる。「うん」と応えて、クレヨンで描いたのが「女の子」。

すると、隣で描いていたKちゃんが「女の子だ！」。すかさず、先生は、「初めはみんな女の子を描くんだよ」と納得させる。

先生は、「これ、何色？」と聞きながら、いろいろな色を使うようにしむけるのが上手。

次に、彩色。細かいことをおっしゃるのではなく、これも自然に色をぬる。

「こんなに、いっぱい色を使った子は初めて」と笑顔で語られる。

「水を筆につけて」

「絵の具は、ここに出して」

「もっと、絵の具を出していいよ」

これには、文が、「いいの、(絵の具は)少しで」と反応していた。

「はい」と文が、返事をした時、先生、すかさず、「初めて『ハイ』と言えたね」とお笑いになる。

本日の絵は、「女の子の左に大きなアイス」を描き終了した。女の子の紙が竹色(黄土色)等で美しい。明るくロシア風。丸木俊さんの色彩を髣髴とさせる。ここまで、父親はいっさいの手助け、口出しをせず、文は全て先生の指示に従っていた。

「こんなによく描き感動しました」と両先生に父親の私は感謝した。

門から出ると、両手をVサインして、「イエーッ」と満面の笑顔だった。
※やがて、絵の具セットを日曜日には早くも玄関に用意しておき、火曜日の絵画教室

を心待ちにするようになっていた。

関先生ご夫妻と

「私の歴史」　小学二年

小学校で自分史を作ることになった。

「二人目でしたのでみんなが準備万端整えて、ゆったりした気分で文を迎えました。上の娘はおねえちゃんになるのを楽しみにしていて、大喜び。産湯を見せてもらったようです」

「幸田文さんのファンでしたので、その名前をいただきました。りんとした生き方、文章共にお手本になるといいと思いました」

0歳　ドーマン体操を始める。
　保育園に入る。

一歳　初めてハイハイする。（誕生からちょうど一年後）
絵本が大好き。
漢字がわかる。（発音はできないが、漢字カードを見せるとそのものを指す。
「頭」というカードだと頭にさわる）
病気で入院する。

二歳　初めて歩き出す。

ランゲージパズル（トーキングカード）をよく見る。

四ピースのパズルができる。


三歳　ヴァイオリンを弾くのが大好き。

（左手はヴァイオリンの板を持ったまま、CD（レコード）に合わせてギーギーやる。本人はしっかり弾いているつもり。右手の弓（リズム）だけは合っている）

初めて顔の絵を描く。

四歳　砂遊びでおだんごとプリンをたくさん作る。
コロワンという犬を飼う。

「迷路」が大好き。
五歳　折り紙が大好き。
絵本が読める。
ひらがなが読める。
六歳　保育園を卒園。
七歳　地元の小学校に入学。

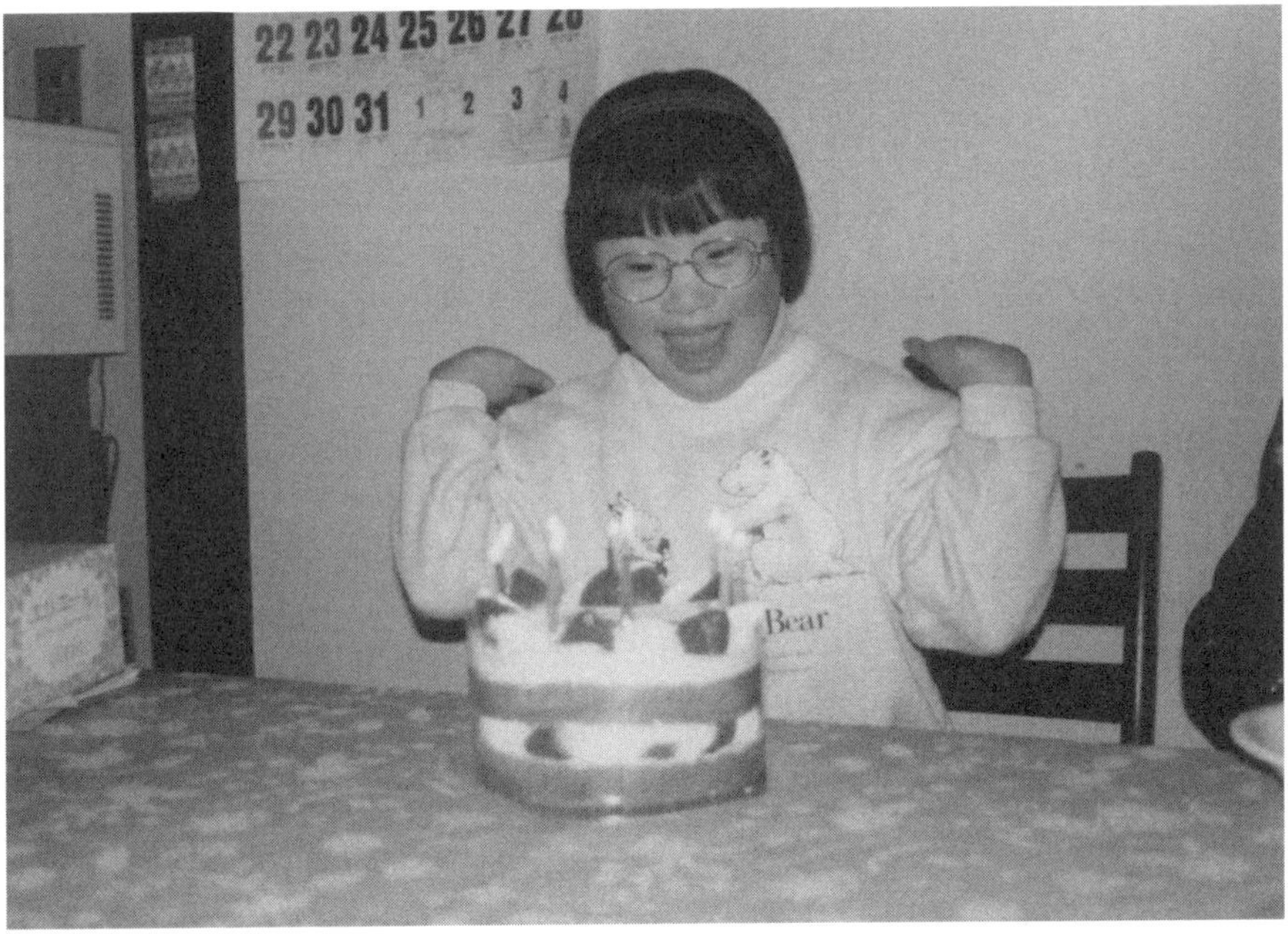

９歳の誕生日・小学３年

大書「わ」

小学四年

小学校の書写の授業で「書き初め」をした。お手本は「わか草」だった。ところが勢い余って「わ」だけ。でき上がった作品と共に先生から次のようなお便りをいただいた。

学校の連絡帳より

十二月二十日（土）（担任の先生から）一・二時間目、T先生の書き初めで、文ちゃんが書いた作品を見てください。「わ」の一画目の入り方や二画目の入り方・曲げ方が大変素晴らしいとT先生が感心されて、「是非、家に持って帰って、飾ってあげてください」とのことです。

十二月二十日（土）（家庭から）芸術的な作品を見て、両親共にびっくりしました。

T先生によろしくお伝えください。

一月三十一日（土）（家庭から）知り合いの書道家に文の「わ」の書き初めを見てもらう機会がありました。とてもほめられ、「よく見てください。紙の白が輝いているること、そして白をつぶすことなく秩序付けていますこれは、上質の表具として保存しておかれるように」と勧められました。

本当に先生のご指導の賜物と感謝しております。T先生によろしくお伝えください。

一月三十一日（土）（担任の先生から）T先生にも、連絡帳を見せましたところ、一緒に喜んでくださいました。T先生も、「表装しておきたかったけど私がやったのではうまく出来ないからなあ。……」とその時から、言っておりましたので……。

＊「文茶ちゃん」……最近の好物は、「茶だんご」。日直の名前を自分で「文茶ちゃん」と黒板に書く。

書家・前田秋信先生からの書簡　その一　平成十年一月二十八日

特に文ちゃんの作品の写真、本当に感じ入りました。大書「わ」は率直に言って見事！　です。第一画の筆の入り込み、打ち込んだ勢いが少しずつ筆を締めながら、のびやかにかけ下り、長い鮮やかな縦画を紙丈一ぱいにゆるがずに紙面を裁断しています。そして、二画目が曲線をえがいて縦面を更に浮き上がらせています。のびのある力強さを伴って、一続きの二画がこの広い紙面に「わ」一字を見事に定着させています。

「わ」の最終部分がもたついているように見受けられるかもしれませんが、これがかえって不安定になり易い「わ」の字を安定させています。

巧まざるよさの標本のようです。

イヤ、恐れいりました。

よく見てください。紙の白が輝いていること。そして、白をつぶすことなく秩序づけています。名前が不調和なようで、実は「わ」の作品の一部になっているではありませんか。これは上質の表具をして保存しておかれるようお勧めします。

この作品を見て心安らぐものを憶えます。ありがとうございました。

また、その後、文が中学二年生で初めて個展を開いた時、ご報告の手紙と写真に次のようなお返事をいただいた。

前田先生の手紙　その二　平成十三年七月十二日

「原田文の世界」、ホントに素敵です。「わ」がとてもいい。人間の美しさがこんこんと湧いてくるようです。

文さんの絵に思わず目を見張りました。質感が（というより他に言葉が見当たりませんが）とてもよく充実していますね。文ちゃんの心の豊かさを感じます。いろいろな人との出会い、不思議ですよね。

そして生甲斐を感じ、勇気づけられます。

一人の人生の多彩さには、想像力豊かな文学者や作家と雖も追随できません。一人の人生は壮大なドラマです。

お姉さんと文さんのこれからの成長ぶりを楽しみに持てることを幸せに思います。

大書「わ」

ろば・19歳

●絵画展の記録

「原田文の世界」展　二〇〇一年六月十一日～六月十七日　中学二年

会場　イノセントアートギャラリー＆カフェ『寧《ねい》』（埼玉県伊奈町）

○展示作品

「まいちゃん、メガネ」	三歳	鉛筆
「お父さん、エンエン」	三歳	クレヨン
「おばあちゃん」	三歳	クレヨン
「姉と私」	三歳	サインペン
「女の子」	三歳	サインペン
「笑っている」	四歳	クレヨン
「エプロン姿のママ」	四歳	クレヨン
「人物と文字」	四歳	クレヨン
「お父さん」	四歳	ボールペン
「救急車と太陽」	四歳	クレヨン

「看護婦さん」　五歳　赤のボールペン

「初めての手紙」　五歳　便箋にボールペン

「フラミンゴ」　小学一年　色鉛筆

「あやちゃんのすきなえ」　小学一年　クレヨン

「魔法使い」　小学二年　水彩とクレヨン

大書「わ」　小学四年　墨

「小人さん」　小学四年　油彩

「くじら」　小学四年　油彩

「小人さん」　小学五年　油彩

「ふくろう」　小学五年　油彩

「針千本・ふぐ」　小学五年　油彩

「はと」　小学六年　油彩

「熊の親子」　中学一年　油彩

「こけし」　中学二年　油彩

展覧会後に出した参観者へのお礼の手紙

○原田文より

「私の絵を見てくれてありがとうございました。これからも折り紙と絵をがんばりたいです。また、見てください」

○両親よりお礼の手紙

「あじさいが雨の中で鮮やかさを増しております。

先日は、娘、文の展覧会にお出かけいただきありがとうございました。拙い作品展示にお忙しいなか、遠路はるばるお出でいただきましたこと深く感謝いたしております。

おかげ様で、たくさんの方にご覧いただき、無事終了いたしました。今、娘が、そして、家族が、多くの方に支えられておりますことを改めてかみしめております。

今後、娘がどのように成長してまいりますかわかりませんが、家族一同、感謝の気持ちで過ごしてまいりたいと思います。

本当にありがとうございました。

季節の変わり目、どうぞご自愛くださいますよう。

お礼まで」

いただいた感想より

○文ちゃんの絵、ステキでした。何かロマンを感じました。

○文ちゃんのえ、とてもステキでした。おりがみもとてもじょうずですね。うちのこどもは、「くじら」のえがすきなようでした。なんどもゆびでさしていました。

○愛情たっぷりの中の伸びやかさと力強さを感じました。

○「小人さん」「はと」「熊の親子」「ふくろう」の数々。緑の使い方、全体のバランス。どれもとってもきれいな絵でした。心洗われた一日でした。

○文ちゃんの絵は、見る人にあたたかさと力強さを感じさせてくれ、本当に素晴らしいと思いました。

もうすぐ五歳のダウン症の我娘は今のところ（?）飛びぬけた才能となるものは発揮されていませんが、どんな子どもにも様々な可能性を持ち得ていると信じつつ、楽しんでのんびり子育てに奮闘する日々です。

文ちゃん、これからも心あたたまるステキな絵を描き続けてくださいね。応援しています。

○文さん、折り紙と絵、見ました。とてもすてきな絵ばかりで、なんだか心が温まりました。特に、「針千本、ふぐ」が、気に入りました。これからもがんばってください。

○先日は、動きのある元気な絵にお会いできたことをうれしく思います。絵、折り紙、そして、学校の方も、楽しんで下さいね。

○先日は、「寧」で文さんの絵を見せていただきありがとうございました。特に、「ピエロ」等の絵が目に残っております。

陶芸クラブのお仲間と良いお店があるので、お茶を飲みに行きましょうと誘われて行って、のびのびとした文さんの絵に会えて、思いがけなく温かい気持ちになりました。

○私どもにとりましても、本当にこんな感性のぴったり合う方とはめったに出会えないと思われる程のすばらしい出会いでした。言葉が必要のない程ですね。店をやっていてこういうことこそがやりがいと二人で話しています。文ちゃんの可愛

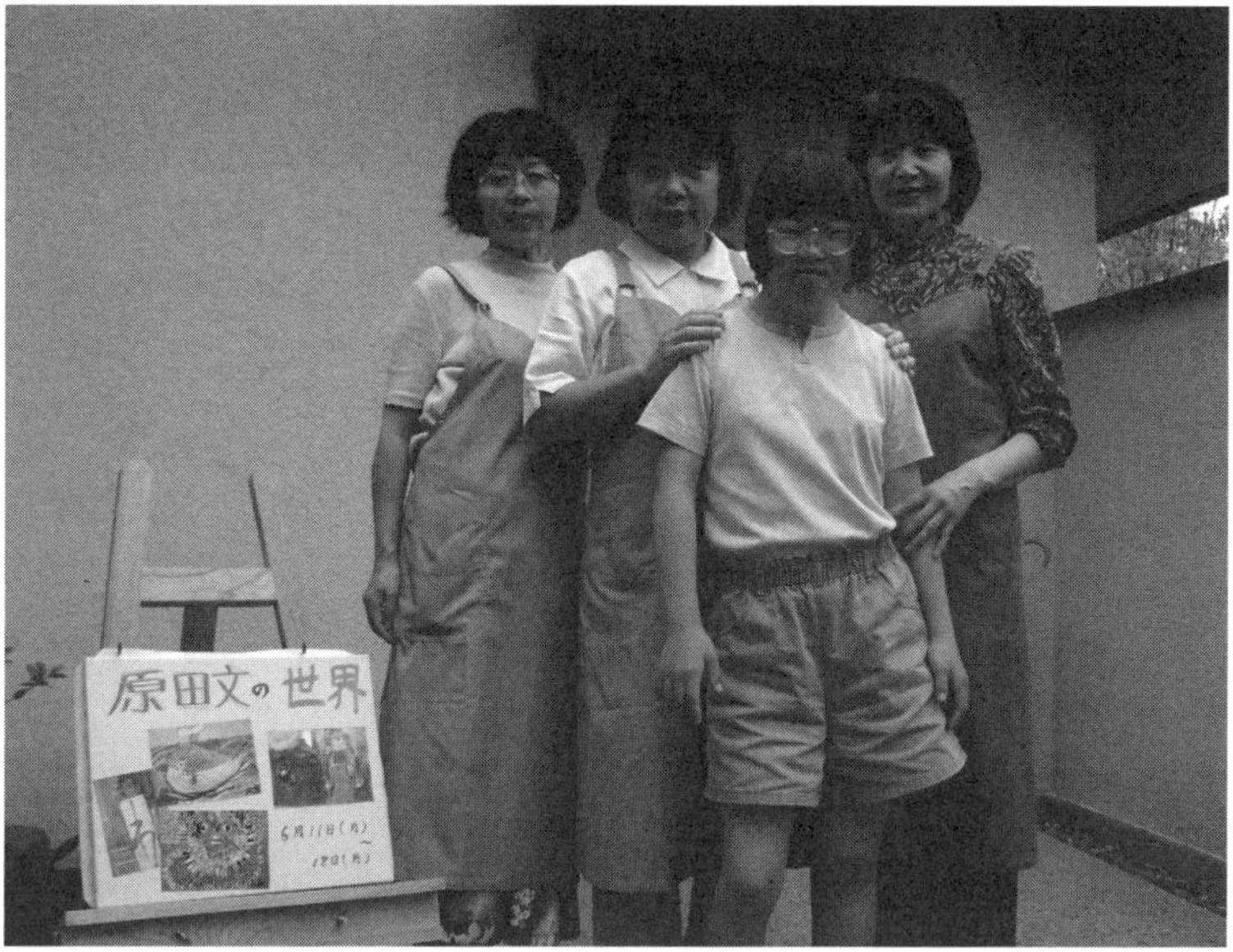

「原田文の世界」〈寧〉にてスタッフの方と・中学２年

らしさもスタッフで人気です。また、顔を見せにいらしてください。

○書は迫力があり、絵もモチーフによりタッチの異なる、とても楽しく面白いものですね。小生は、「針千本」の絵がとても好きです。どうか、これからも素晴らしい作品を製作されて沢山発表されるよう祈念しております。

「彩《いろどり》の埼玉・娘と父の二人展」

埼玉県障害者交流センター　二〇〇四年三月十八日～三月三十一日

彩の埼玉・娘と父二人展・原田文「油絵と素描」、直示「巨樹写真」

ご挨拶

埼玉に生まれた幸せを絵画と写真で表現しました。日照時間が国内でも長いほうで、災害も少ないという恵まれた環境で育ちましたが、この豊かな風土の美しさはなかなか表現しきれません。

さて、娘は現在養護学校の高等部一年に在籍しています。ダウン症というハンディをかかえていますが、元気に自宅から駅までを一人で歩き、学校までバス通学しています。二歳になってやっと歩けたときは家族揃って大喜びでした。

そのころから、クレヨンでの素描を始めました。初めはただの線一本でした。でも、線が描けた喜びは大きく、次第に熱中してクロッキー帳を一日で描ききってしまうほどにもなりました。

やがて、小学一年生になり、近くの関絵画教室でご指導いただくようになりました。水彩から入門して油彩へと進み現在にいたっていますが、週一回のお絵かきの時間を楽しみに通い続けて八年になりました。

父・直示は巨樹・巨木に魅せられて六年となります。埼玉県の巨樹探検は、平野部からやがて秩父山間部へと足を伸ばし始めています。同じ「全国巨樹・巨木林の会」会員である大久根茂氏と共に奥秩父まで知られざる巨樹を巡る旅の中で、いくつかの幹周埼玉県一位の巨樹を「発見」しました。ヒノキ、カツラ、ブナ、サクラ、カエデのいくつかは、新聞紙上で発表させていただきました。

「巨樹の保存」は、まさに県民文化のバロメーターではないでしょうか。美しくもあり、究極の生態系の「頂点」にも立つ巨樹をこそ、私たちは新しい視点で捉えなおしたいと思いますが、いかがでしょうか。

父の巨樹探検にときどき同行したのが、娘の文でした。昨年の九月には、一緒に念願の十文字峠まで登りました。苔むすコメツガの原生林は埼玉の宝であり、日本の宝でもありましょう。

自然は、あるがままで美しいです。しかし、私たち人間は、成長の過程で可能性の花がパッと咲き、驚くほど美しく輝くことがあります。

そんな美しさを求めていけたらと願っています。

本日は、ご覧いただきありがとうございました。

○展覧会記念・文の姉ヴァイオリン・ミニコンサート　三月二十日

玄関ロビー（展示場所）
曲目「タイスの瞑想曲」「愛のあいさつ」その他

いただいた感想より

○文さんのあったかい絵、すてきですね。文さんのまわりの人や物もこんなふうにあったかいんだろうな。もちろん、文さんの心も。
○とても優しい色づかいに、心もおだやかになりました。
○文さん、おめでとう。教室では、わり算が一人で出来るようになったネ。「お父さん、お母さんもビックリしているヨ」と伝えてくれたネ。先生もビックリだよ。

涙が出るほどうれしいヨ。

○心の豊かさを今日はいただきました。

○すばらしい絵を拝見させていただきました。神様が与えてくれた才能が花開くようお祈りしております。

○文ちゃんの絵かわいかったよ。沢山描いてね。

○文さんの「こびとさん」「ピエロ」のような素直でダイナミックの色でかきたいです。

○文さんの絵を見て、私は絵が全くダメだから、絵を描けるっていいなと心から思った。絵は、セザンヌみたいのも、ゴッホみたいのも、ルノアールみたいのも、モジリアニみたいのも——ありました。どれも大したもの。明白なのは、私とは月とスッポンほど違うということ。絵が描けるっていい。本当にうらやましい。一回しか会っていないけど、文ちゃんてほんとにいい子でした。豊かな感情と精神の健康さ——さすが原田夫妻の子どもだと思ったことでした。

○ダウン症の方の絵を見たのは初めてです。楽しい絵です。

○みずみずしい色づかいの絵。私も絵を描いてみたくなりました。
○今日、文ちゃんと会えると思って、家族五人で来ました。小さい頃からの文ちゃんの様子が絵に表現されていますね。胸があつくなります。
○多くの人に「愛情」のすばらしさを再確認してもらえる場だと思います。愛は無限の可能性を秘めていますね。お互いに身体に気をつけ、やり続けてまいりましょうね！
○文ちゃんは、小さい頃からご両親のすばらしい環境の元にいい所を受け継ぐことが出来たのですね。これからもすばらしい絵をいっぱい描いて私たちを楽しませてくださいね。
○新聞で今回の二人展を知り、見学に来させていただきました。「ビックリ」「すばらしい」「これは、教材になる！」「文さんの絵がいい！」「お姉さんのヴァイオリンも聴きたかったな～！」「すてきな家族」「みなさんに会いたかったなー」というのが実感であり、感想です。本当にすてきですね。
○文さんの絵、とってもすてきですね。とりわけ「ピエロ」が私は気に入りました。
○娘さんの作品とても真心が伝わってきました。すばらしいです。

○文さんの絵、誠実さが現れていて感動です。素敵な作品ありがとうございます。
○原田文さま　初めてあなたを知りました。三歳の時の「笑っている」「ママ、エプロン」の表情にとても心をいやされました。やさしさ、あたたかさが自然に胸に飛び込んできました。大きくなられてからの油絵は、また色のハーモニーが心に大きな安心感を与えてくれました。
○文さんへ　お元気でしたか？　油絵は力強くていいですね。特に「ピエロ」が好きです。これからも続けて描いてくださいね！
○今日は、たくさんの幸せをありがとうございます。ご家族皆様のすばらしい生き方に感動いたしました。これからも夢に向かって頑張って下さいね。
○娘さんの輪郭のはっきりした色彩鮮やかな油絵たち、父と娘の証のようなものを思いつつ見ていました。この日のお姉さんの演奏をぜひ聞きたかったと思いました。
○写真と娘さんのすばらしい絵を拝見いたし、私もがんばらねばと強い刺激を受けました。
○私は、三月三十一日新都心駅前の総合案内所で会場を知りました。

とにかく、行ってまいりました。無料のバスに乗せていただき、到着した障害者交流センターでは、満開の桜に歓迎されて華やかな彩の中、しばし埋もれておりました。

同行した孫に急かされて玄関を入ると絵が目に飛び込んできました。そして、静かにす〜っと絵に引き込まれてゆく自分を感じました。

次の瞬間、絵画を観ている私が、絵画に視られている気がいたしました。

針千本やお人形の清らかで大きな目は生き生きしていました。

この絵の前では嘘はつけない――襟を正したくなる心境でした。

また、毛筆による「わ」の字　感動しました。始筆（書き始め・筆の入り）の何と温かかったことか――わの字に心までもが織り込まれていて、これこそ「わ」と感動したのです。

○「わ」は叙情的で線質が温かくゆったり豊かに書かれていて辞書で見る「和」の語釈（穏やか・和合・日本風景等々）全てが表現されていて驚きます。絵画的に鶴や白馬も想像し従って飽きることなくみつめています。

また、愛くるしさやおどけた感のある針千本・フグは「動」を感じ、対照的におすましの鳩は「静」を感じます。そして、この二つを合わせ持った「ピエロ」……そこにはピエロの心までもが表情に出ていて改めて文さんの感性に魅了させられている私です。

「三代展」　二〇〇五年九月二十三日～二十八日　寧にて

原田文　作品リスト

〈油彩画〉

1.「くじら」　小四
2.「小人さん」　小五
3.「ふくろう」　小五
4.「針千本・ふぐ」　小五
5.「はと」　小六
6.「ピエロ」　中三
7.「帆船」　中三
8.「人形」　高一

9.「にわとりと卵」　高二
10.「ムーミン谷のスナフキンとタンバリン」　高三
11.「クリスマスツリー」　高三

（以上十一点）

斎宮美重　作品リスト

〈水墨画〉

1.「石蕗」
2.「梅」

（以上二点）

原田直示　作品リスト

〈巨樹写真〉

1.「三春の滝桜」
2.「縄文杉」

3.「花背の天然伏状台杉」
4.「日本一のブナ」
5.「杉沢の大杉」
6.「権現山の大カツラ」
7.「金蔵沢のカツラ」
8.「冠岩沢の大ブナ」
9.「蓮花院の大椋」

（以上九点）

展示予定数

祖母……水墨画二点
父（直示）……巨樹写真九点
娘（文）……油彩画九点

○「家族愛支えに油絵個展」　朝日新聞　二〇〇五年九月二十二日（木）掲載

祖母と父がダウン症の娘と「三代展」

「元気に」「自信を」家族への願い込めた企画展

油絵を描くダウン症の娘、巨樹の写真を撮り続ける父、水墨画を描く祖母の「三代展」が二十三日から二十八日まで北足立郡伊奈町大針のアートギャラリー&カフェー「寧（ねい）」で開かれる。作品は計二十点。娘に自信を持って生きてほしいと、父親が発案した。ようやく立てるようになった腰を二回も手術し、祖母に元気を出してほしいという願いも込めた。

原田文さんの祖母斎宮美重さんの水墨画「石蕗」（左）と、父の原田直示さんの巨樹写真「屋久鹿と縄文杉」

23日から28日まで伊奈町で

三代展を開くのは、さいたま市大宮区上小町、小学校教諭原田直示さん(五〇)と、二女で県立大宮北養護学校高等部三年の文さん(一七)、奈良県大和郡山市に住む祖母斎宮（いつき）美重さん(八四)。

原田さんは、これまで七年にわたり県内外の巨樹・巨木をカメラで撮影し続け、個展も開いてきたという。今回は九点展示する。

文さんは小学二年の時から自宅近くの絵画教室に通い始め、教室がある前日から玄関に絵の具セットを自分で用意するほど大好きになった。今でも週一回通っている。小四から高二までの作品九点は色遣いが楽しく、力強さがある。

また祖母美重さんは、水墨画や日本画、書道をたしなみ、水墨画を二点出品する。今回は新幹線を使って車いすで会場にやってくるという。

二十三日は午後二時から会場で、桐朋学園大でバイオリンを学んだ文さんの姉　がミニコンサートを開き「タイスの瞑想曲」「愛のあいさつ」などを演奏する。

原田さんは「できるだけ多くの人に作品を見ていただきたい」と話している。

問い合わせは寧（☎048・723・7371）。

中3の時の油彩画作品「ピエロ」を持つ原田文さん

「祖母と父がダウン症の娘と『三代展』」
二〇〇五年九月十七日　埼玉新聞　掲載　写真三枚
二十三日～二十八日まで　伊奈町「寧」にて

「三代展」の企画を「寧」さんに打診したところ、一年先まで予約でいっぱいですとのことだったが、祖母（母親の母）の足腰が悪く手術したばかりで、現在車椅子の生活だと伝えたところ、快く時期を早めてくださり開催の運びとなった。

そして、文の祖母は奈良から新幹線を乗り継ぎ、不自由な足ながら展覧会会場まで元気にやってくることができた。

いただいた感想より

○二度観させていただきました。人形の絵のバックの桃色をいつも心の中に吸い込んでいます。

○きれいな色の鮮やかな絵を見せていただきました。しっかりとした線でふちどられていて印象的でした。心が洗われるおもいでした。

○とてもすばらしい絵を見て感動しました。同じ症状を子にもつ親として勇気ができました。今度は家族で遊びにきます。

○草加から来ました。温かい色彩の絵にほっとしました。お店もお店の庭も良い雰囲気でよかったです。遠いところにきたみたいにリフレッシュした気分になりました。

○すばらしい感受性を持っておられる方だと思いました。絵を描くときの真剣なまなざしが見えるようでした。写真の文ちゃんとってもかわいい!!

これからも素直でまっすぐな心で描き続けて下さい。応援しています。

○一つひとつの作品から、心に伝わってくる何かを感じました。

○素晴らしい世界を感じ、心が晴れやかになりました。

○心があたたまるすばらしい絵を見せていただきありがとうございました。文さんの努力とお父さん、お母さん、お姉さんの温かい励ましの結果だと思います。

○知人の紹介で参りました。原田文さんの作品の前に立つと何か胸を打たれる迫力を感じます。また、作品に取り組んでいる姿を想像するだけで励まされる思いがします。

○また、「寧」で文ちゃんの作品が観られて嬉しいです。イイなぁーいーなー「ふぐ」と「くじら」。

○文ちゃんの素晴らしい感性に、「脱帽」!!

○朝日新聞をみて主人と二人で来ました。「くじら」の絵良いですね……かわいいです。
おひとりおひとりの前向きな姿勢、ご家族の団結力！　すばらしいご家族でいらっしゃいます。
○文ちゃん、そしてご家族の皆様。ご無沙汰しております。お元気ですか。
昨日、主人が新聞の記事に気づいてくれて今日、ここに来ることができました。
あなたの大好きだった世界が続いていたこと、文ちゃん自身の頑張り、ご家族の努力。
「ああ、夢がかなったのだ」と涙が出そうになってしまいました。
作品は、どれも優しく温かで、文ちゃんの笑顔が浮かんできました。
よくプレゼントしてくれたハート「♡」にも出会え、喜びが二倍でした。
これからもどうぞご活躍下さい。
素敵な時をありがとう。
ちなみに、主人は「針千本」私は、「くじら」が気に入りました。
○すばらしい色彩感覚と力強いタッチにびっくりしました。天性の個性をお持ちのようですが、絵に生きがいを見出されたことは神様のご支持があってこそと思われるほどすばらしいと思います。

○展覧会のちらしを見せていただいてからこの一ヶ月、見に来れる日を指折り待ちました。おばあさまの白黒（灰色）の世界と、文さんのすてきな色合いの絵がともに並べられていて、お互いの絵の良さをお互いに引き立てているように思いました。

文さんの絵を見ると、とても心が温まるので、絵葉書を数枚買いました。小さいすだれにつるして、ミニミニギャラリーを作ろうと思います。ぜひ、Tシャツで着たいのですが、製作の予定はありませんか？　またぜひ文さんの絵に会いにきたいです。制作を続けてください。できれば、お姉さまのヴァイオリンも一緒がよいな。

○色彩豊かで見ただけで心温まる素敵な絵に感動しました。周りの人々の文さんを見つめる温かい思いやりをひしひしと感じとりました。これからもますますの発展をお祈りしております。ありがとうございました。絵はがき八枚いただきました。

作品展「原田文」展　二〇〇六年三月十三日〜六月十日

会場　埼玉トヨペット本社

原田文　出品作品リスト（油彩画）

1.「くじら」　小四
2.「小人さん」　小五
3.「ふくろう」　小五
4.「針千本・ふぐ」　小五
5.「はと」　小六
6.「ピエロ」　中三
7.「帆船」　中三
8.「人形」　高一
9.「にわとりと卵」　高二

10.「ムーミン谷のスナフキンとタンバリン」高三
11.「クリスマスツリー」　高三

※搬入：三月十二日。搬出：六月十一日。会期中に作品の展示替えあり。
※会場：埼玉トヨペット本社一階ショールーム内「はあとねっと輪っふる」
住所：さいたま市中央区上落合二－二－一
電話：〇四八－八五九－四一三〇
担当：総務課　はあとねっと「輪っふる」担当課長　渡辺新一氏
※以上十一点　全てF6号の大きさ。

新しい作品搬入リスト　二〇〇六年三月十八日（土）

原田文　油絵個展（祖母の水墨画と父親の巨樹紹介写真も同時開催）
○「ふくろう」油彩　小学五年
○「帆船」油彩　中学三年
○「白鳥とハイビスカス」油彩　高校三年

原田直示　巨樹写真

○「秩父・清雲寺の桜」関東屈指の桜の名所

○「福徳寺の桜」埼玉県内最長老の桜かも

○「荒沢谷のイタヤカエデ」カエデでは県内一の巨樹、ヴァイオリンの板の材料にもなる

○「京都・花背の天然伏条台杉」京都市指定天然記念物、幹周十八・三五メートル、京都駅からバスで二時間、雪深い山中に巨木の森があった

○「日本一の美景の杉・杉沢の大杉・福島県」福島県岩代町、幹周十二メートル、樹高四十八メートル、国指定天然記念物

○「日本一の桂・権現山の桂」山形県最上町、幹周二十メートル、夕闇迫る雨中で撮影

14TH WAFFLE GALLERY

原田　文さん

はあとねっと 輪っふる

はあとねっと 輪っふる

輪っふる展から未来の絵へ

せき絵画教室
関 光二郎

7才からはじめ、クレパス・水彩・油絵と描き続けて、一週間はけいこの月曜日にはじまるという生活が、以来10年になります。

油絵の具とその描法が本人にマッチして、絵の具は12色から21色に数が増え、ピンク大好きから複雑な色へと変化してきました。

楽しく、すなおに一生懸命に描いた絵は見る人に感動を与え、心に残る力強い作品となりました。

やさしい人々と家族の愛に見守られ、これからは絵をたくさん見て、いろいろなテーマに挑戦して、絵のある生活を大切にひろげてほしいと思います。

2006.2.19

○『「ふれあいの空間に」はあとねっと輪っふる』障害者の個展開催
埼玉新聞　二〇〇六年四月八日（土）写真掲載（文と姉）
○「原田文」展（同時開催・父の巨樹写真　祖母の水墨画）
二〇〇六年三月十三日～六月十日
紹介式：四月六日（木）文の姉のヴァイオリン演奏
会場：埼玉トヨペット本社一階ショールーム
○「はあとねっと輪っふる　かわら版」二〇〇六年四月二十日発行
親子の「三代展」（原田文個展）の紹介記事あり

感想より

○真っすぐな心で描かれている文さんの凛とした絵画、懸命に生きている巨樹（生存者）の存在感、重量感に圧倒され観るたびにチッポケな自分、愚かな自分がみえてきます。言い換えれば自分を冷静に見つめる場を頂き、感謝感謝です。
あの日、印象深かったのは、愛らしい文さんの穏やかな笑顔と、天女のようなお姉さんが演奏前会場に表われての僅かな待機時間にふと目が合ってみせたそれはそれは美しい笑顔です。◯◯さんと「きれい〜」と感嘆の声をあげ、手を取り合ったほどでした。春がひときわ輝いた一日でした。

◯文ちゃんの心の中のひかりをみせてもらい私もすこしでもわけてもらいたいと思いました。

◯色がとてもキレイで、楽しい気分になる感じです。

私は、「クリスマスツリー」が特に好きです。色にもイキオイがあって、絵全体に動きがあってとても気持ちが出ているように感じました。

◯とてもすてきな絵画をみせていただき、たくさん元気をもらいました。私は「白鳥とハイビスカス」が大好きです！

文ちゃんのように笑顔を忘れず、毎日楽しく過ごしたいと思います。

たくさんの元気をありがとう！！

◯みんなみんなすばらしい絵でしたよ。わたしはとてもうらやましくおもいました。こんなうつくしい世界をえがけるなんて。これまできっとがんばったんだね。これからもずっとずっとえをかきつづけてください。

◯色といい形といいすばらしく、目がいきいきとしてこちらへとびついてくるようなすばらしさです。
○あやさんの絵を見せていただき将来の夢と希望が描けました。たくさんの温かいたのしい時を、去年生まれた息子と見ていこうと思っています。
あやさんが将来すばらしい画家になられることを楽しみにしています。
○やっと見に来られました。「小人さん」に「針千本」……何度見てもそのたびに心がホンワカとしてきます。
多くの人にもっと見てもらいたいものです。
○「クリスマスツリー」をゆっくり見させていただきました。色彩や構図が素晴らしいです。
私は週間新潮の表紙絵の構図アイデアが好きなのですが、その印象と同じ自由さと広がりを感じました。
○今は描いていませんが、中・高は美術部でしたので、お嬢さんの絵を観てムズムズしてきました。すてきな色づかい、存在感のある表現、圧倒される感じです。
○すばらしい絵でした。主人と二人で見に来て本当によかったと思います。のびのびとした筆づかい、明るい色が印象的でした。ご家族様のやさしい心づかいに支えられた文さんの日常が思いやられます。

○今日は祝日で、とてもおだやかな日です。近代的なショールームの一角、やわらかい日射しに絵がとてもマッチしています。のびのびと色自由で心のやさしさ周囲のあたたかさが絵の中にあるように思いました。いつまでも見ていたいそんな魅力です。

○家内と娘と見にきました。素敵な絵ばかりでした。私は「針千本・ふぐ」の絵が大好きになりました。とてもきれいなピンクです。

○文さんの絵に逢えるのが今日で二度目!! たくさんのパワーをいただきました。色のセンスをちょっとだけもらいますょ〜。

○個人的にはクリスマスツリーの絵が好きです。でも、絵葉書がなかったのが残念でした。

○家族五人で見に来ました。文さんの絵は喜びと驚きにあふれ、美しい色彩で気持ちが素直にあらわれていますね。特に「針千本・フグ」は、新鮮な感情に満たされ、見ている側にも感動が伝わってきます。ご家族のあたたかい愛に見守られ、ますます素晴らしい芸術に挑戦し続けて下さい。応援しています。
○ぼくの好きな絵はクリスマスツリーです。お母さんの好きな絵は白鳥とハイビスカスです。これからまたたくさん絵をかいてください。
○「はりせんぼん」が好きです。
○なんか、顔（表情）がいい。
○文さんの自己表現、Good☺。（※注　にこにこ顔）
○どうして、こんな色が出るんでしょう？
どうして、この色が使われるんでしょう？
「針千本」もいいですね。「小人さん」も。「クリスマスツリー」もいいナ。
へこたれてちゃ、いけないネ。
ステキな絵をありがとう!!
○針千本、ふくろう、ピエロ　どれも心の豊かさとピュアな精神を感じます。
どうぞこのまま成長していってほしいなぁと思います。

埼玉トヨペット本社にて姉と

「原田文の世界」展

同時開催：祖母・美重の水墨画と父親・直示の巨樹写真
会場　埼玉県立近代美術館
会期　平成二十年二月四日～十日

文の二十歳の記念に展覧会を企画した。埼玉県立近代美術館に問い合わせると十八歳以下の作品は原則として展示できないという。

しかし、家族展として、その一部や資料としてなら大丈夫ということだったので、祖母の水墨画と父親の巨樹写真を合わせて「三代展」を開くことにした。

八十六歳の祖母は、初め、「私なんか……」と遠慮していたが、ひさびさの展覧会ということで、気をひきしめて数点の新作にとりかかった。展覧会直前には、文の成人を祝って、「松に鶴」の絵を描いた。

新聞掲載

○読売新聞

○朝日新聞
○埼玉新聞
○THE DAILY YOMIURI

出品作品

○原田文

1.「まいちゃんメガネ」 三歳（えんぴつ）
2.「おばあちゃん」 三歳（えんぴつ）
3.「笑っている」 四歳（クレヨン）
4.「看護婦さん」 四歳（ボールペン）
5.「魔法使い」 小二（クレヨンと水彩・絵画教室で）
6. 大書「わ」 小四（墨・学校で）
7.「くじら」 小四（油彩画・以下は絵画教室で）
8.「小人さん」 小五
9.「ふくろう」 小五

2008年(平成20年)2月5日　火曜日　朝日新聞

ふんわり温かく描き続ける

さいたまの原田さん

油彩・水彩など19点展示　きょうから近代美術館

幼少から、水彩画や油絵などを描き続けているさいたま市の原田文《あや》さん(20)の展覧会が5日から、県立近代美術館（同市浦和区）の一般展示室で開かれる。ダウン症のため、耳鼻科などの検査を受けながら創作活動をしてきた文さんの歩みをたどる。10日まで。入場無料。（天野みすず）

文さんは、生まれてすぐにダウン症と診断された。現在は、市内の作業所「織の音工房」に通いながら、絵を描き続けている。

「仕事人間だった」という父で小学校教諭の直示さん(59)は、文さんが生まれてから、たばこをやめ、妻で中学校教諭の久子さん(57)と様々な療育法を採り入れた。

知人に頼んで、自宅の美術全集のページを1枚ずつバラバラにして「美術カード」を作り、1秒ごとに違う絵を見せた。一日中クラシック音楽をかけたり、毎日、絵本を読み聞かせたりしたという。

歩けるようになったのは2歳ごろ。このころから、クレヨンで線を書き始めた。3歳のころ、1日で約100枚の絵を描くほど熱中した。4歳ごろには、宮沢賢治の「雨ニモマケズ」を暗唱できたという。

「子どもは本物がわかるし、頭にすぽっと入る。そうすると自然と表現できる。山登りと同じで、途中であきらめなければ新しい世界が開ける。それが実証できました」と直示さん。

友人を描いたと思われる「まいちゃんメガネ」は3歳の時の作品。一筆で描いたふんわりとした顔の輪郭と、力強い直線の髪が印象的だ。「八百屋からの帰り、両足ジャンプしながら歩く。あたかもスキップかのよう」など、当時の様子を記録したノートの1ページも一緒に額に納められている。

小学2年からは、近くの教室で絵を習い始めた。同市岩槻区の県立小児医療センターで、眼科などの検査を受けながら、週1回教室に通い続け12年。今は主に油絵を描いている。中学2年だった01年から4回、展覧会を開いている。

今回出展するのは、油絵や水彩画のほか、3～4歳で描いたクレヨンやボールペンの作品計19点。「おばあちゃん」といった日常的なテーマや「くじら」など動物の作品も多い。油彩画は、ブルーとピンクなど、やわらかな色づかいや温かみのある構図が目をひく。

文さんは「人形を描くのが好き。好きな色はピンク」とはにかみながら話した。直示さんは「絵を見て、人間の可能性を感じてほしい」と願う。

直示さんが撮った県内の巨木の写真や、祖母の斎宮美重さん(86)による水墨画も展示される。

問い合わせは、美術館（048・824・0111）へ。

原田文さん（中央）の作品「ハイビスカスと白鳥」を手にする直示さんと久子さん＝さいたま市で

「ふんわり温かく描き続ける」
二〇〇八年二月五日　朝日新聞　掲載

障害に負けず　絵画展

ダウン症にも負けず、2歳から絵を描き続けている原田文《あや》さん(20)（さいたま市大宮区）の作品展が2月5～10日、県立近代美術館（同市浦和区）で開かれる。会場には、父親の小学校教諭直示さん(59)が各地で撮影した巨木の写真と、祖母美重さん(86)が描いた水墨画も展示され、親子3代の展示会となる。直示さんは「娘の絵から、どんな人にもいろんな可能性があることを知ってもらえたら」と話している。

文さんが初めて絵を描いたのは2歳8か月のころ。鉛筆でノートに殴り書きを始めた。3歳になると、1日で100ページのノート1冊に描き尽くすこともあり、描いたノートは5年間で200冊に及んだ。直示さんは「すごい集中力だった」と振り返る。

5歳になった1993年3月、直示さんは、札幌市で活動するダウン症の絵本作家・岡本佳子さんを取り上げた週刊誌の記事を読み、「誰にでも可能性はあるはずだ」と感動。すぐに岡本さんに手紙を書いた。

数週間後、偶然にさいたま市を訪れた岡本さん一家と会い、直示さんは、障害を乗り越え、たくましく活動する岡本さんの姿に「あきらめちゃいけない。努力すれば才能も花開く」と確信。文さんの絵の才能を開花させようと、7歳から自宅近くの絵画教室に通わせた。

父の期待を背に、文さんはますます絵の世界にのめり込んだ。教室は週1回。前夜から絵の具を玄関に用意するほどだった。

父・祖母も出品、来月開催

「可能性感じて」

文さんを指導するのは関光二郎さん(71)夫妻。クレヨン画、水彩画を経て、今は油絵を学び、ピエロや鯨などの人形をモチーフに描いている。関さんは「最初は道具の出し入れさえも大変だったが、今はすべて自分でできるようになった」と成長ぶりに目をみはる。

文さんは週5回、歩いて約1時間かけて、織物の通所作業所「織りの音工房」（さいたま市大宮区）に通っている。教室がある日は、仕事が終わると、歌を口ずさみながら教室に向かう。

直示さんは、そんな文さんの作品を1人でも多くの人に見てもらおうと、1年前から同美術館を予約した。直示さんは「素晴らしい施設で個展ができるのは周りの人の支えがあってこそ。本当に感謝の気持ちでいっぱい」と感慨深げ。母親で中学校教諭の久子さん(57)は「独特の視点で描いた大胆な絵を見てほしい」と来館を呼び掛ける。

文さんは3～19歳に描いた作品約20点を出展する予定。奈良県に住む母方の祖母の美重さんは、薬師寺の梅などを描いた水墨画4点を出展。直示さんは、県内や台湾などで撮影した巨樹の写真27点を展示する。

問い合わせは、原田さん方（048・[redacted]）へ。

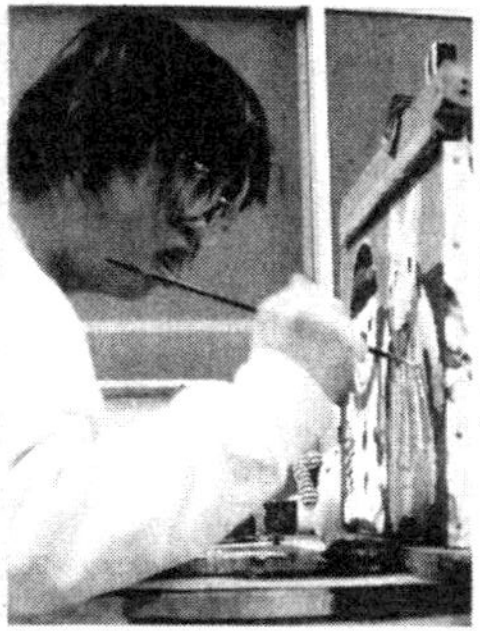

真剣な表情で油絵を描く原田文さん

ダウン症の原田さん

ダウン症　細胞内の染色体異常で生じる先天性疾患で、正式にはダウン症候群。染色体が通常より1本多いケースが大半で、知的発達や身体成長の遅れなどが見られる。財団法人・日本ダウン症協会によると、1000人に1人の割合で生まれるとされる。

「障害に負けず絵画展」
二〇〇八年一月二十九日　読売新聞　掲載

10.「針千本・ふぐ」　小五
11.「鳩」　小六
12.「熊の親子」　中一
13.「ピエロ」　中三
14.「帆船」　中三
15.「人形」　高一
16.「にわとりと卵」　高二
17.「ムーミン谷のスナフキンとタンバリン」十八歳
18.「クリスマスツリー」　十八歳
19.「白鳥とハイビスカス」　十八歳
20.「ろば」　十九歳

○祖母　斎宮美重（水墨画）
1.「松に鶴」（文の成人の祝いに・二〇〇八年一月作）
2.「石蕗」

3．「葡萄」
4．「薬師寺の梅」
5．「春蘭と竹」
6．「こも被りの寒牡丹」

○父　原田直示（巨樹写真）
1．「自生福寿草とブナ巨木」
2．「暁に燃える根小谷の淡墨桜」
3．「奇跡の山高神代桜」
4．「華やかさ日本一・三春の滝桜」
5．「日本屈指・赤岩の大栃」
6．「椚平の姥樫」
7．「美形の杉・杉沢の大杉」
8．「千年の苔・船生の柊」
9．「日本一のブナ」

10.「日本一のカツラ」
11.「金蔵沢の大カツラ」
12.「台湾・渓頭神木」
13.「台湾・阿里山二十八号神木」
14.「台湾・阿里山楠樹公神木」
15.「台湾・阿里山鹿林神木」
16.「佐渡・仏峠のブナ」
17.「佐渡・新潟大学大倉山演習林」
18.「佐渡・演習林・杉の原生林」
19.「縄文杉」
20.「大久保のケヤキ」
21.「正法寺の大イチョウ」
22.「冠岩沢の大ブナ」
23.「西善寺のコミネモミジ」
24.「雲竜寺のカエデ」

25.「京都花背の杉原生林」
26.「与野の大カヤ」
27.「西表島・サキシマスオウノキ」

参観者の感想

○色の使い方がとっても素敵です。ものおじしない前向きな絵です。絵の中に優しさが伝わってきます。気持ちがいやされます。ありがとうございました。

○初めまして！　文ちゃん！

私も関先生のところで油絵を習っています。もう二十年も通っていますが、なかなか思ったような絵が描けませんが、今日文ちゃんの絵を見て心が洗われた思いです。

色彩がきれいです。

色の使い方が大胆です。

伸び伸びと表現しています。

絵の中に「心」が入っています。

また、次の作品が見たいです。
○とても明るく強い筆に感じました。自分に自信を持っている。何かを信じている感じがとてもいいです。
○「クリスマス」の絵は、成人と青春の記念碑ですね。
○初めまして。写真の木を見て。今現在の人間にどっしり根を張って生きよと言っているように感じます。亡き父のようです。
○文さんの「ろば」の絵、大変な成長がみてとれました。これからまたたくさん佳作をうみだしてください。祖母様のつわぶき、色彩を感じさせます。すごいと思いました。
○人形が単なる人形でなく命を感じます。深い色の重なり、大胆な線に惹きつけられました。温かく楽しい絵にしばし足が止まりました。
○家族で拝見させていただきました。絵画もそうですが、「わ」の字に感動しました。これからも「わ」の字のように力いっぱいの活躍を!!
○文さんの絵を見ていると幸せな気分になります。周りから温かな愛をたくさんもらっているからだと思いました。

その頂いた温かな愛を、もっとふくらませて周りに与えられる文さんの手は神様から頂いた宝物ですね。

これからも見る人を幸せな気持ちにする絵をたくさん描いてくださいね。

○どの絵も目がとてもステキ。生き生きとしています。

○「すごい！　すてき！」力強くて見ていてエネルギーが沸きだしたよ。

○どの絵も（人間も動物も）目が優しくて笑っているようです。文さんの心が表れているようです。来てよかったです。また、機会があれば、ぜひ、これからの作品も見たいと思いました。

○文ちゃんの絵は昔「寧」で見て感動しました。あれから何年たっているだろう。今また拝見し感動が更に大きくなった。おじさんも絵を描いているが考え直し、文ちゃんのように勢いのある画にしていこうと思います。

○心にガツンと響く作品でした☺

○すごく絵に力がこもっていて、個性的で、色彩豊か。文さんの絵から来場者の方がエネルギーをもらっているのだと実感しました。「可能性」のすごさにびっくりしました。

○「くじら」は本当に泳いでいるみたいですね。とてもステキな時間を過ごさせて頂きました。

○いつも道でお会いしますね。小・中といつもニコニコとあいさつしてくださいました。私もパッチワークを習っておりますが、色使いがとてもステキです。勉強になりました。

○毎回、「歩こう歩こう私は元気!!」と歌いながら絵のレッスンに行く貴女に笑顔と勇気をいただいています。受験勉強中の我が子も、原田さんの歌に、「もうこんな時間か?」と定刻の貴女に励まされています。

○単純な形を自由な色彩を使って思うままに描けるってすてきです。

○僕は延べにして十万点以上の絵を見てきた。原田さんの人形の絵「小人さん」「人形(高一)」のようないい絵を描ける人って少ないよ。原田さんのは、人形が「生きている」。これって、実にすばらしいことだと、思うよ。絵はうまい、へたじゃない。見る人に何をあげられるかってことじゃないかと思うよ。頑張らなくていい。そのまま、ふつうに、淡々と……。

○初めて見させて頂きましたが、絵の躍動感と生命力に圧倒されました。また、色がきれいでびっくりしました。
○明るい色彩と力強いフォルム。何より人柄がにじみ出ていて素晴らしいと思いました。私も絵を描いているので貴女の力強さと集中力を励みにがんばります。
○楽しくなってくる絵。ありがとう。とっても好きです。
○文さん、成人おめでとうございます。人形たちがまっすぐ正面から描かれていて何だかとても感動しました。
○原田文さん、こんにちは。まだお会いしたことがありませんが、私はあなたが好きになりました。なぜなら、絵を見せて頂いて、ウフフと笑いたくなったり、そうだよね、海ってこんなだし、船って大きいよねとか、話がしたくなる気持ちにさせて下さいます。
○絵を見ただけで、貴女のガンバリ、力強さがわかります。今後とも体に気をつけながら、みんなに夢と希望を与え続けて下さいね。年よりもがんばります。
○すごい！　このえすきです！　ごめなさいわたしは日本語はなせませんありかとございます！
○文さんの作品もとても素敵ですが、文さんを取り巻くご家族や知人の方の思いにも心を打たれました。
○私もダウン症の子どもがいます。何か勇気と可能性を絵を見ていただきました。
○過日の展覧会には主人の介護で家を空けられないので行けなかったのですが、友人が絵葉書を下さいました。貴女様の絵は、ゴーギャンや片岡球子さんのような大きな構図で素晴らしいです。（手紙）
○先日、埼玉近代美術館で文さんの絵と出会い、感動しました。「生き生き」してるこの気持ち、どうしてもお伝えしたくてペンをとりました。絵はがき八枚いただいて早速ファイリング。配列に悩んでいる時がまた楽しいんですよ。（手紙）
○誰もが思わずほほえんでしまう幼い日の絵。鮮明に脳裏に焼きついています。
（手紙）

◀近代美術館受付

会場にて▶

少し長いあとがき

本のリスト

文が一歳の時に、購入した本のリスト。（平成元年一月）

「歌でおぼえるよい子の英語」「国語絵辞典」「くもん漢字カード」「魚と貝・カラー百科」「子どもの知能は限りなく」「ことばのべんきょう1，2，3」「デラックスカラーずかん」「こぶたの赤ちゃんシリーズ」「おにのこシリーズ1、2，3」「おやすみなさいの本」「生きものずかん」「カジパンちゃん」「大江健三郎カセット」などで一月数万円ほどが図書費であった。なじみの本屋さんが、本を届けてくれるのも、忙しくて外出できにくい我が家ではありがたいサービスであった。

絵カードの作り方

0歳のころは、公文のカードを使用していたが、しだいにカードが不足してきた。そこで、絵カードの作成が必要となった。大人が見ても感動するような大きくて素晴らしい写真や絵は文もじっと見てくれるようであった。一枚一枚カッターナイフで切り、白ボール紙（厚紙）に貼り付けた。

自宅にあった土門拳写真集や日本・世界の名画全集も全て絵カードとして作成していった。豪華本にハサミを入れるのはもったいないと、妻は悲鳴をあげた。一枚のカードが何百円分ともなり、数千枚も作ったカードのうち千枚ほどは、文に見せないうちに終わってしまった。（メッセージが明確でないもの、明断でないもの、思想的すぎるもの、暗いもの、ごちゃごちゃしているもの、メッセージが複数あるものなどは幼児に不向きであった）初期のうちはあたかも精密機械であるかのように大量のカードを作らなくてはという思いが優先していて毎晩、カード作りに没頭していた。

一枚のカードを文に見せる時間はたったの一秒！　十枚で十秒！　十枚のカードを作成するのに何時間かかったのだろうか！　とにかく、カード、カードということで何はなくともカードだけはストックを増やさないといけなかった。時間はいくらあっても足りなかった。

そこで、知り合いに（授業研究の仲間）、カード作りを頼んだ。カードと言っても名画だけではない。絵カードや文字カード、ことわざカード、俳句カードなどにも幅が広がっていった。

さて、実際の絵カード作りだが、昆虫カードを作ろうとしたら、十枚の絵を図鑑の中から選ぶ。それを切り抜き白ボール紙（少し厚めの紙）に貼る。そして、裏に漢字でその昆虫名を油性ペンで大きく見やすい漢字で書く。一晩かけて作成したカードも十秒で見せ終わる。でも、文が集中して見てくれれば、うれしいものであった。

名画カードの場合も同じように、北斎なら北斎の代表作十枚を画集から選ぶ。自分の子がどんな絵を見るのだろうか？　期待と不安のなかでとにかく作成する。

こうして、十枚そろったら、一気に十枚その作品名を言いながら終了。カードを何回か見せていると、気に入った作品には特に集中して見入る様子が親にもわかってくる。

そして、あまり集中して見ない作品は一枚ずつ交代していくわけである。

七田眞先生

七田先生には毎月一回の通信教育を受けた。プログラムはプリント学習が中心であり、目標は、各家庭で取り入れて設定できるものもあった。「七田メッソド」は、ドーマン法はもとより、民間での成果を積極的に取り入れていた。

四歳十一ヵ月でのプリントコースチェックリストは次のようであった。

「プリント（ちえ・もじ・かず）」「絵本」「外あそび」「フラッシュカード」（一日百枚）「折り紙」（すごい集中力で一日二十から三十枚折る）「お絵かき」（線描きだけでなくりんごや口に赤を入れたりする）「迷路遊び」（大好き）「童謡ビデオ」（日本語・英語）「英語と仏語のカセット」（好きで笑いながら聞いている）「詩・俳句」（「雨ニモ負ケズ」は暗記した）

こちらから先生への連絡……。

「八日間、マイコプラズマ肺炎で入院しました。咳が夜中も休み無く続き三十九度以上の熱も出ていました。五歳の誕生日に全くの独力で「やっこさん」を折り紙で折れました。それまで、毎日下手くそながら形を成さずともそれらしくひたすら折っていました。それが、突然折れるようになりましたので、たくさんほめました。鼻も片手ながらティッシュでかみ始め、ズボンやパンツを片足で立ってはこうとしていました。
入院中は、絵本だけが「お勉強」でそれほど大好きでした。

大江光さん・健三郎氏

大江光さんの演奏会が、埼玉県民活動センターで開かれた。会場で偶然、幸運にも大江光さん・大江ご夫妻とお会いできた。大江健三郎氏は、かつて斎藤喜博先生が校長在任中の群馬県島小でのルポを「厳粛なる綱渡り」の中で著されている。お子様の光さんは脳に障害があり、言葉をなかなか発しなかったそうだ。その光さんが作曲をされているのである。これはまさにドーマンの教えそのものではあるまいかと、思われた。

最高の音楽を繰り返し、長く、最良の音響で聴く。また、最良の教育を（指導者）施す。そして、人生の時間全てとお金を障害者（児）に費やす。そうして、一つのことができるようになった時、それが、人生の最高の幸せでもあるとドーマンは説く。

ところが、実際は浮世の現実と向き合わなければいけない。でも、大江氏ご夫妻の行き方は、まさしく光さんが中心にあったと思われる。

千載一遇の機会であった。文と一緒に挨拶すると、大江氏はご夫妻で席を立たれ、光さんも立つように促された。

さらに印象深かったのが、演奏会終了後に、館内の食堂へ行く時、大江氏が光さんの背中を両手で楽しそうに笑いながら押す姿。まるで、兄弟のようであった。

斉藤恵子さん

恵子さんは、東京都葛飾区在住ダウン症の日本舞踏家。津軽三味線や舞踏の専門家であるご両親の薫陶を得、二人のお姉さん、お兄さんと共に活動されている。舞台を拝見すると、家族の結束力が奇跡を生んだように思えてならない。

埼玉県立障害者交流センターでのチャリティー公演でお会いしたのが最初の出会いであった。岩木山を彷彿とさせるような、笑顔で大きく会場を包み込まれるお父様を中心にしての公演は、エネルギーの爆発といえるかもしれない。

正真正銘の本物の持つ力と大きな愛の力こそ恵子さんをここまで育てたのではないだろうか。

関光二郎・恒子先生

愛にあふれた関先生ご夫妻に出会うことができた。六歳から足掛け十四年もお世話になってきた。文のリズムに合わせて、ゆっくり休まず、いつも笑顔で接してくださった。

初めは、水彩を使用していたが、やがて油彩になった。色彩感覚が独特だといつもおほめの言葉をいただいた。文もほめられほめられ、叱られたりしたことはなかったのではないだろうか。

人間だれでも十年以上続ければ中だるみのようなものもあると思われるのに、よくぞここまでというほど毎回勇んで絵画教室へ出かけて行った。いつも、明日は何時に家を出ると前の日から決めているようであった。指折り数えて絵画教室の日を待つ。何という幸せ。

小学校低学年の頃は、前日からきちんと絵の具セットを玄関に置いていた。そして、歌を歌いながら教室まで歩いて行くのである。そんな生活が十数年も続いている。

文の絵画展に出品した油絵はすべてここで描いた作品である。ご指導にいつも感謝している。

保育園・学校・学童の先生

私たちは何と人に恵まれたのであろう。

産院、保育園、小学校、学童、中学校（特学）、養護学校高等部、そして、現在お世話になっている織の音工房、そのどこもが、障害を持ち、手のかかる我が子を温かく迎え入れてくださった。大勢の園児、児童、生徒と気の遠くなる程の忙しさの中で先生方のご苦労はどれ程だったことだろう。それらを胸に秘めて、いつも笑顔で接し、我が子を慈しみ育ててくださった先生方お一人おひとりに心より感謝したい。また、励ましてくださった保護者の方々、助けてくれたお友達、私達はそんな人々に支えられて生きてきた。

娘が過ごしてきた長い時間の中に多くの人々の愛と優しさがあることを私達は決して忘れてはなるまい。

＊　＊　＊

「キャッチアップ現象」といって、ある時、急にジャンプするように急激な発達・

成長を示すことがあるという。

文が、「鶴」などの折り紙に取り組んでいる時もそうであった。二ヶ月とか三ヶ月の間、じっと親や友達の折り方を見ているだけだったがある時、突然のように見事な「鶴」を独力で完成させていたので驚いた。

「鈴木メソッド」「ドーマン法」「七田の学習」「公文の学習」等、自分なりに解釈して、日々の実践に取り入れてきた。

しかし、「言うは易く行うは難し」であり、この二十年は山あり谷ありであった。共働きで、朝も夜も家族で過ごせる時間は限られていた。その中での「訓練」「学習」であったので、毎日がドラマチックであり、濃い時間を過ごしてきたようにも思う。

一歳から保育園のお世話になったが、送り迎えは私の母に頼んでいた。その母も二〇〇四年に亡くなった。文は、時に祖母を思い出し一人泣くこともあった。

幸いにも優れたたくさんの先生に直接お会いしてご指導いただくことができた。また、多くの境遇を同じくする人たちにどれだけ励まされたかしれない。これからは、文も成人である。どんな人生を歩むのか。感謝の心を忘れずに生きたい。

出版にあたり、一莖書房の斎藤草子さんには、大変お世話になりました。心よりお礼を申し上げます。

〈著者紹介〉
原田直示　はらだ なおじ
1948 年　埼玉県に生まれる。埼玉大学教育学部卒業。
1972 年　戸田市立喜沢小に勤務。以後、戸田市内小学校に 16 年間勤務。
2008 年　さいたま市立日進小に勤務。
実践研究　教授学研究 6　第？期教授学研究 2 と 3（国土社）、斎藤喜博と美術教育（一莖書房）に一実践者として報告。

住所　〒 330-0855　埼玉県さいたま市大宮区上小町 86

笑っている —原田文、ダウン症20歳の記念に—

2008年 7 月20日　初版発行

著　者　原田直示
発行者　斎藤草子
発行所　一莖書房
〒 173-0001　東京都板橋区本町 37-1
電話 03-3962-1354
FAX 03-3962-4310

組版／四月社　印刷／モリモト印刷　製本／新里製本
ISBN978-4-87074-157-5 C3037